Novia de una noche

Trish Morey

Editado por HARLEQUIN IBÉRICA, S.A.
Núñez de Balboa, 56
28001 Madrid

© 2011 Trish Morey. Todos los derechos reservados.
NOVIA DE UNA NOCHE, N.º 2118 - 23.11.11
Título original: Fiancée for One Night
Publicada originalmente por Mills & Boon®, Ltd., Londres.

I.S.B.N.: 978-84-9000-863-8
Depósito legal: B-32058-2011
Editor responsable: Luis Pugni
Preimpresión y fotomecánica: M.T. Color & Diseño, S.L.
C/ Colquide, 6 portal 2 - 3º H. 28230 Las Rozas (Madrid)
Impresión en Black print CPI (Barcelona)
Fecha impresion para Argentina: 21.5.12
Distribuidor exclusivo para España: LOGISTA
Distribuidor para México: CODIPLYRSA
Distribuidores para Argentina: interior, BERTRAN, S.A.C. Vélez
Sársfield, 1950. Cap. Fed./ Buenos Aires y Gran Buenos Aires,
VACCARO SÁNCHEZ y Cía, S.A.
Distribuidor para Chile: DISTRIBUIDORA ALFA, S.A.

Capítulo 1

NO HABÍA nada con lo que Leo Zamos disfrutase más que cuando un plan salía bien. No había nada como ese cosquilleo eléctrico que lo recorría cuando, después de haber concebido un plan totalmente descabellado, libraba una batalla tras otra, haciendo malabarismos para sortear todos los obstáculos hasta hacerse con la victoria. Y en ese momento se hallaba justo a un paso de conseguir su mayor éxito. Lo único que necesitaba era una esposa.

Salió de su jet privado e inspiró el aire primaveral de Melbourne, negándose a dejar que un detalle tan insignificante como ése echara a perder su buen humor. Estaba demasiado cerca de apuntarse ese tanto como para permitir que eso ocurriera. Iba a triunfar, se dijo con firmeza mientras se dirigía al coche que lo esperaba en la pista.

La Culshaw Diamond Corporation, una compañía australiana, productora de los mejores diamantes del mercado, había estado siempre en las manos de la familia Culshaw. Pero Leo había intuido que se estaban produciendo cambios en la dinámica de la empresa y había percibido las grietas que se estaban abriendo entre los hermanos Culshaw, aunque jamás habría podido prever el escándalo que se había producido, ni las circunstancias que habían hecho que la situación se volviera insostenible para los hermanos.

Leo le había presentado a Eric Culshaw, el mayor de los hermanos, a Richard Álvarez, el hombre interesado en comprar el negocio. A Eric Culshaw le gustaba mantener los asuntos personales en privado, y aquel escándalo lo había horrorizado de tal modo que había decidido que lo único que quería era que los medios dejaran de acosarlos a su familia y a él y poder vivir tranquilo el resto de sus días. Por eso iban a vender la compañía, y la Culshaw Diamond Corporation estaba a punto de cambiar de dueño gracias a la mediación de Leo, que trabajaba como broker de clientes multimillonarios como aquéllos.

El caso era que, después de aquel sonado escándalo, Eric Culshaw, que llevaba casi cincuenta años casado con su primer y único amor, había impuesto como condición que sólo haría negocios con gente cuya vida familiar fuese modélica y con unos valores sólidos. Por eso, cuando Richard Álvarez había accedido a llevar a su mujer a aquella cena de negocios, Leo había comprendido que él también debería buscarse una «esposa» para la ocasión.

Lo cual era bastante irónico teniendo en cuenta que durante años había estado evitando que le echaran el lazo. Siempre se aseguraba de dejar muy claro a las mujeres con las que salía que no buscaba nada serio, aunque sólo iba a ser una esposa para una noche. El problema era que tenía que encontrarla antes de las ocho. Pero Evelyn, su telesecretaria, se ocuparía de eso, se dijo. Además, pensándolo mejor, tampoco tenía por qué hacer pasar a una mujer por su esposa. Con decir que era su prometida bastaría, la compañera perfecta a la que había encontrado después de años y años de búsqueda.

Entró en el coche que estaba esperándolo, y saludó al conductor con un asentimiento de cabeza antes de sacar el móvil del bolsillo y elaboraba en su mente las cualidades que debería tener su «prometida».

No podía conformarse con cualquier cosa, lógicamente. Tendría que ser una mujer con clase, inteligente y encantadora. Sería deseable que fuera capaz de mantener una conversación, pero no era imprescindible. De hecho, con tal de que fuera agradable a la vista no importaría que no hablase demasiado.

Mientras se ponían en marcha, buscó en la agenda del móvil el número de Evelyn. Deshacerse de su oficina hacía dos años era una de las decisiones más acertadas que había tomado a lo largo de su vida. Ahora, en vez de estar atado a un despacho, tenía un avión privado que lo llevaba a cualquier parte del mundo y una telesecretaria que se encargaba de todas las tareas administrativas que le encargaba con una eficiencia encomiable.

Aquella mujer era una maravilla. No sabía qué la había impulsado a trabajar desde casa, pero sentía que el haberla encontrado había sido un golpe de suerte. Tampoco sabía prácticamente nada acerca de sus circunstancias personales, ni falta que hacía. De hecho, ése era parte del atractivo de tener una telesecretaria: bastante harto había quedado ya a causa de las secretarias que habían intentado coquetear con él o por las que se había sentido atraído... Con Evelyn se comunicaba a través del correo electrónico, y a juzgar por la experiencia laboral y las referencias que figuraban en su currículo, debía pasar seguramente de los cuarenta.

Sin embargo, después de esperar varios tonos le saltó el contestador. Leo frunció el ceño contrariado, preguntándose dónde podría estar Evelyn. Eran las once de la mañana y sabía a qué hora llegaba su avión.

–Soy Leo –gruñó tras oír la señal que indicaba que podía dejar su mensaje. Se quedó esperando un momento para ver si su secretaria lo oía y contestaba, pero al ver que no, suspiró y se frotó la frente con la mano libre antes de continuar–. Escucha, necesito que me busques una mujer para esta noche...

–*Gracias por su llamada.*

Leo maldijo entre dientes al oír que aquella voz automática lo cortaba. Esperaba que Evelyn oyera el mensaje y lo llamara.

Eve Carmichael dejó caer un par de medias por tercera vez, y gruñó de frustración mientras se agachaba para recogerlo y colgarlo con una pinza del tendedero. Llevaba todo el día hecha un manojo de nervios. O más bien toda la semana, desde que se había enterado de que su jefe, Leo Zamos, iba a ir allí, a Melbourne.

Por más que se recordaba que no tenía ningún motivo para estar nerviosa, no podía evitarlo. Después de todo no le había pedido que fuera a recogerlo al aeropuerto ni nada de eso. Ni siquiera le había dicho que fueran a verse. Para algo era su telesecretaria. Le pagaba para que se ocupase de las cuestiones administrativas.

Además, le había enviado la versión definitiva de su agenda esa misma mañana, a las seis, antes de meterse en la ducha, para descubrir que el agua caliente no funcionaba, y no tenía ni un solo hueco libre.

Se dirigió de vuelta hacia la casa con la cesta de la ropa bajo el brazo, pensando que lo que querría hacer sería meterse en la cama y no salir de ella hasta que Leo Zamos hubiese abandonado la ciudad.

¿Pero qué diablos le pasaba? «Es muy simple», se respondió, y con lo distraída que iba se le olvidó por un instante que tenía que abrir la puerta y casi se estampó contra ella. «Lo que pasa es que tienes miedo», murmuró una vocecilla en su mente mientras entraba.

Qué ridiculez, replicó ella para sus adentros a pesar de que de pronto su respiración se había tornado algo entrecortada.

Tenía suerte de que Leo Zamos hubiese decidido contratar sus servicios como secretaria. Ningún otro cliente le había pagado tan bien, y gracias a lo que ganaba trabajando para él podría hacer unos cuantos arreglos más que necesarios en la casa, que se caía a pedazos.

Debería estar agradecida y desterrar de su mente aquel recuerdo que sin duda había magnificado con el paso de los años. En menos de cuarenta y ocho horas Leo se iría; no tenía por qué preocuparse.

Abrió la puerta del cuarto donde tenía la lavadora para dejar la cesta, y fue entonces cuando oyó el pitido del contestador y una voz profunda que reconoció al instante pronunció su nombre, una voz que hizo que un cosquilleo la invadiera y que se le encogiera el estómago.

–...*necesito que me busques una mujer para esta noche*...

Eve se quedó allí plantada, mirando el teléfono, en medio de una pugna interior de emociones: furia, indignación, incredulidad... Sintió una punzada de algo a lo que prefería no ponerle nombre, y se dejó llevar por la ira.

¿Quién diablos se creía Leo Zamos que era? ¿Y por quién la había tomado? ¿Por una especie de alcahueta o algo así?

Dejó la cesta encima de la lavadora y fue a la cocina, donde se puso a recoger cacharros y a apilarlos irritada en el fregadero.

Conocía de sobra su carácter de playboy. A lo largo de esos dos años habían sido incontables las ocasiones en las que le había tocado enviar en su nombre una pulsera o un frasco de perfume a alguna Kristina, Sabrina o Audrina, siempre con el mismo mensaje de despedida: «Gracias por tu compañía. Cuídate. Leo». Sí, conocía de sobra su estilo de vida como para saber que sería incapaz de sobrevivir una noche sin una mujer que le calentara la cama. Pero el que estuviera en su ciudad no significaba que tuviera que buscársela ella.

Las tuberías protestaron cuando abrió el grifo del agua caliente al máximo. Nada, el agua ni siquiera salía templada. Puso agua a hervir, y minutos después llenaba el fregadero. Se enfundó los guantes de goma y se dispuso a atacar la pila de platos, cubiertos y vasos.

Suerte que hubiese saltado el contestador, pensó, porque si hubiese respondido ella la llamada no habría sido precisamente educada al decirle qué podía hacer con sus exigencias. Aquello habría supuesto el fin de sus ingresos, cosa que no se podía permitir.

Y aun así... ¿cómo podía haberle pedido una cosa así? ¿Acaso le parecía normal llamarla para que le buscase una cita? Quizá debería llamarlo y recordarle lo que estipulaba su contrato y lo que no. El problema era que eso requeriría hablar con él...

¡Oh, por amor de Dios! ¿Se había vuelto una cobarde o qué? Se secó los guantes con un paño, fue al salón, y apretó el botón del contestador antes de que pudiera cambiar de opinión. No iban a temblarle las rodillas sólo por oír su voz, ¿no?, se dijo.

Sin embargo, cuando escuchó de nuevo el mensaje, su indignación se vio desplazada por una ráfaga de calor que afloró en su pecho y descendió hasta su vientre y provocó un cosquilleo en sus brazos y piernas. Dios. Sacudió las manos, como si con ello fuera a deshacerse de aquellas incómodas sensaciones, y volvió a la cocina para acabar de fregar los platos.

Parecía que nada había cambiado. Su reacción había sido la misma que la primera vez que lo había oído hablar hacía más de tres años en una sala de juntas en la planta cincuenta de un edificio del centro de Sídney.

En ese momento recordó el paso decidido con que lo había visto salir del ascensor unos momentos antes de que la reunión comenzara. Más de una mujer había girado la cabeza para mirarlo, pero él no había parecido darse cuenta, y había entrado en la sala como si fuera el amo y dueño del lugar, inundando el aire con el aroma de su colonia y rebosando confianza en sí mismo.

Y no resultaba difícil entender de dónde provenía esa confianza. Al concluir la reunión había conseguido, contra todo pronóstico, poner de acuerdo a un empresario que no estaba precisamente ansioso por comprar, y a otro que no se decidía a vender, y los dos se habían mostrado sonrientes al cerrar el trato, como si ambos pensasen que se habían llevado la mejor parte.

Ella había estado sentada en el rincón más alejado de la sala, tomando notas para su jefe, un abogado, pero no había podido evitar lanzar más de una mirada a aquel hombre de voz seductora que había hecho que afloraran a su mente pensamientos más que inapropiados.

Sin embargo, mientras lo estudiaba, fijándose en cada detalle, se había dado cuenta de que su atractivo se asemejaba al de un depredador: el cabello oscuro, los ojos negros como la noche, la recia mandíbula y la nariz recta... Incluso los labios que modulaban aquella voz aterciopelada eran muy masculinos, unos labios bien definidos que sin duda sería capaces de cautivar como de sonreír con crueldad.

En un momento dado, al alzar la vista del cuaderno lo encontró mirándola fijamente, y cuando sus ojos descendieron por su cuerpo sintió que las mejillas le ardían, y se apresuró a agachar la cabeza.

Del resto de la reunión apenas recordaba nada; sólo que cada vez que había alzado la vista parecía que él estuviera esperando para capturar sus ojos con su ardiente mirada.

Durante un descanso, al ir hacia la máquina del café se había tropezado con él, y cuando Leo le sonrió notó de nuevo una ráfaga de calor en el pecho que descendió hasta su vientre. Él la asió suavemente por el codo y la llevó aparte.

–Te deseo –le susurró, y aquella afirmación le resultó tan inesperada como excitante–. Pasa la noche conmigo –le dijo, y sus palabras no hicieron sino acrecentar el ansia que se había apoderado de ella.

Eve, que nunca había despertado semejante deseo en un hombre, y mucho menos en un hombre tan viril y perfecto como aquél, hizo lo único que podía hacer: dijo que sí. Y de pronto él volvió a sorprenderla llevándola a una sala adyacente donde lo único que había era una estantería tras otra con archivos. Una vez allí la llevó hasta el extremo más alejado de la sala, detrás de una estantería y sin darle tiempo a reaccionar ni a decir nada empezó a besarla al tiempo que su mano se cerraba sobre uno de sus senos y la otra la asía por las nalgas para atraerla hacia sí.

Eve, que no podía siquiera pensar, atrapada en el torbellino de sensaciones que había desatado en ella, ni siquiera intentó detenerlo. Lo que lo detuvo, justo cuando estaba deslizando una mano por debajo de su blusa, y sus duros muslos estaban ya entre los de ella, fue el ruido de la puerta al abrirse.

Los dos se quedaron muy quietos, y esperaron a que la persona que había entrado se marchase. Luego él le puso bien la blusa, apartó de su rostro los mechones que se habían escapado de su recogido, y le preguntó su nombre antes de besarla una vez más.

–Hasta esta noche, Eve –murmuró. Después se puso derecha la corbata y salió.

El ruido de los cubiertos chocando bajo el agua espumosa, en el fregadero, la devolvió al presente. Aquélla era su realidad: una vieja casa que le costaría una fortuna arreglar. Acabó de fregar y quitó el tapón del fregadero para que el agua se fuera por el desagüe.

Las cosas sí habían cambiado. Ahora tenía obligaciones, se dijo mirando el reloj. Su obligación más importante se despertaría en cualquier momento.

¿Habría sido distinta su vida si hubiese pasado aquella noche con Leo, si él no hubiese tenido que irse por un asunto que le había dicho que había surgido de repente en la otra punta del mundo?

Teniendo en cuenta que había sido incapaz de resistirse a él, lo más probable era que su hijo habría nacido con la piel más aceitunada y el cabello un poco más fosco, como el de Leo. Claro que dudaba mucho que Leo cometiese esa clase de errores, se dijo.

No, era mejor que aquella noche no hubiese ocurrido nada entre ellos. Si se hubiesen acostado Leo no sería su cliente, y sabía muy bien qué les pasaba a las mujeres que se llevaba a la cama. No quería una de esas frías notas de despedida que les mandaba, aunque fuese acompañada de una joya cara y brillante.

Fue entonces cuando se dio cuenta de que fuera el cielo se había oscurecido, y empezaron a caer gruesas gotas de lluvia.

–Oh, mierda... –masculló yendo hacia la puerta para recoger la ropa que acababa de tender.

Y por un momento se olvidó por completo de Leo Zamos... hasta que el teléfono sonó otra vez.

Capítulo 2

E VE SE quedó allí de pie, con una mano en el pomo de la puerta. La lluvia caía cada vez con más fuerza, pero no se movió, y esperó hasta que saltó el contestador, invitando a la persona que estaba llamando a dejar un mensaje.

–Evelyn, soy Leo.

Como si no se hubiera dado cuenta...

–Te he mandado un e-mail –continuó Leo–. Bueno, no te lo explico todo en él, pero es urgente y necesito hablar contigo. Si estás en casa, ¿podrías contestar al teléfono?

Eve sintió que una intensa irritación volvía a apoderarse de ella. Oh, era urgente, cómo no. O al menos a él se lo parecía. ¿Una noche sin una mujer con la que pasar un buen rato? Sin duda para él era algo impensable. Pero no era problema suyo.

–¡Maldita sea, Evelyn! –casi rugió Leo al otro lado de la línea. Acabaría despertando a Sam si seguía así–. Sólo son las once de la mañana y es viernes. ¿Dónde diablos estás?

Eve se dio cuenta de que no le serviría de nada esperar a que le cortara el contestador, porque volvería a llamar, y aún más enfadado, así que se acercó y agarró el teléfono enfadada.

–No sabía que se esperaba de mí que hiciera horario de oficina –le espetó.

–¿Evelyn? Gracias a Dios –Leo resopló, y ella se lo imaginó pasándose una mano por el cabello lleno de frustración–. ¿Dónde estabas? Te he llamado antes y no contestabas al teléfono.

–Lo sé; oí tu llamada.

–¿La oíste? ¿Y por qué no contestaste? ¿Y por qué no me has devuelto la llamada?

–Porque pensé que serías capaz de consultar las Páginas Amarillas tú solo.

Hubo una pausa al otro lado de la línea, y al oír un ruido de tráfico ella supuso que aún estaría camino del hotel.

–¿Qué quieres decir? –inquirió él.

–Lo que quiero decir es que estoy dispuesta a hacer el trabajo para el que me contrataste: ocuparme de tu correspondencia, de organizar tu agenda, concertarte citas con tus clientes, redactar documentos, y hasta paso por deshacerme por ti de tus conquistas con esos regalos caros pero vacíos de significado, pero no esperes que ejerza también de alcahueta. No recuerdo que ese servicio esté entre los que ofrezco como secretaria en mi página web.

Leo se quedó callado tanto rato que por un momento Eve pensó que se había cortado la comunicación.

–¿Hay algún problema?

¿Que si había algún problema? Para empezar su casa se estaba cayendo a pedazos y el dinero no le llegaba para todas las reparaciones que tenía que hacer; luego tenía el estómago lleno de mariposas y no podía pensar con claridad; y para colmo él esperaba de ella que le buscase una compañera de cama.

–Me has dejado un mensaje en el contestador pidiéndome que te busque a una mujer para esta noche.

Leo soltó una palabrota entre dientes.

–Y pensaste que me refería a una mujer a la que llevarme a la cama –dedujo.

–¿A qué si no?

–Evelyn... ¿no me consideras lo suficientemente capaz de encontrar por mí mismo a una mujer con quien compartir la cama?

—Eso es lo que habría esperado teniendo en cuenta... —se mordió la lengua y se dio un golpe en la frente con la palma de la mano.

¿Pero qué estaba haciendo? ¿Estaba discutiendo con un cliente?, ¿con el cliente del que dependían sus ingresos?

—¿Teniendo en cuenta qué? —la instó él a continuar—. ¿El número de «regalos caros pero vacíos de significado» que te hago enviar de tanto en tanto? Evelyn, cualquiera diría que estás celosa...

«No estoy celosa», habría querido protestar ella, «me da igual con quien te acuestes». Pero aquellas palabras sonaron falsas incluso en su mente.

De acuerdo, sí, se sentía algo decepcionada por que no hubiera ocurrido nada entre ellos años atrás, pero era algo normal, ¿no? Sentía curiosidad, nada más, por saber cómo habría sido hacerlo con él. Claro que, vista la frialdad con que despachaba a las mujeres que pasaban por su alcoba se había sentido afortunada en más de una ocasión de haber escapado a ese destino. Y aun así... aun así no podía dejar de preguntarse cómo habría sido hacerlo con él aquella noche.

Inspiró profundamente para calmarse, espiró despacio y aunque aún estaba maldiciendo para sus adentros esa tendencia suya al masoquismo que la había llevado a contestar el teléfono, sabía que no podía arriesgarse a perder al que probablemente era el mejor cliente que encontraría jamás.

—Perdona; es evidente que malinterpreté el mensaje que dejaste en el contestador. ¿Qué puedo hacer por ti?

—En realidad es algo muy simple —respondió él, visiblemente satisfecho ahora que iba a conseguir lo que quería—. Sólo necesito que me encuentres una esposa.

—¿Lo dices en serio?

Al otro lado de la línea, Leo se frotó la nuca. Aquella llamada no estaba resultando como había esperado, y no sólo porque Evelyn lo hubiese malinterpretado, ni porque desaprobase que fuese de flor en flor –algo nuevo para él, cuando la mayoría de sus secretarias habían intentado ligárselo–, sino porque había algo que lo tenía totalmente desconcertado. Y es que la voz de Evelyn no era en absoluto como había imaginado que sería.

–Si no lo estuviera diciendo en serio no te habría llamado –replicó–. Necesito una esposa, y la necesito para la cena de esta noche con los Culshaw y los Álvarez. Bueno, en realidad tampoco es necesario que se haga pasar por mi esposa; con que finja ser mi prometida será suficiente.

Evelyn se quedó callada, y al mirar por la ventanilla del coche Leo vio que en unos minutos llegarían a su hotel, en el distrito de Southbank. Tenía que dejar aquello solucionado antes del almuerzo que tenía con otro cliente.

–¿Evelyn?

–Sigo aquí, aunque me parece que sigo sin entenderlo.

Leo suspiró. ¿Qué le costaba tanto entender?

–Culshaw tiene sus reticencias respecto a la venta. Quiere asegurarse de que está tratando con gente de valores sólidos, y la verdad, después del escándalo que protagonizaron sus hijos y el resto de miembros del consejo directivo, no le culpo por ello. El caso es que tanto él como Álvarez van a llevar a sus esposas a la cena de esta noche, y yo no quiero presentarme solo y hacer que aumenten las reticencias de Culshaw. No cuando estamos a punto de cerrar el acuerdo. Por eso necesito que encuentres a alguien que interprete el papel de mi prometida por una noche.

–No creo que haya problema en decirle a la gente del

hotel que prepare una cena para seis personas en vez de para cinco –comenzó Evelyn. Luego, sin embargo, se quedó callada, y Leo intuyó que iba a poner algún pero.

–¿Y? –la instó, pues se le estaba agotando el tiempo y la paciencia.

–Comprendo lo que pretendes hacer –respondió ella–, ¿pero crees que es una buena idea? ¿Y si Culshaw lo descubre? ¿Qué impresión se llevaría si llega a saber que es un montaje?

Leo apretó la mandíbula. Por supuesto que era un riesgo, pero era un riesgo que tenía que correr.

–Tú encuentra a la mujer adecuada y todo irá bien –le dijo–. Si lees el e-mail que te he enviado podrás hacerte una idea de la clase de mujer que buscamos.

Evelyn se dirigió a su ordenador.

–No pretendo repetirme, pero esto no entra exactamente en mis servicios.

–Ya lo sé, pero necesito que lo hagas, y necesito que te pongas con ello cuanto antes.

–¿Y qué esperas que haga, que me saque una prometida de la chistera? –inquirió mientras abría el programa del correo.

–Búscala en una escuela de interpretación o algo así. Dile que estoy dispuesto a pagar lo que haga falta. ¿Ya has abierto mi e-mail?

–Estoy en ello –respondió ella con tono de resignación.

Su acento australiano le daba un toque de dulzura a su voz, pensó Leo. Le gustaba su voz, decidió, y se preguntó cómo sería su boca.

–*Encantadora* –dijo Evelyn, leyendo en voz alta la primera característica de la lista que le había enviado.

Leo no estaba seguro de poder decir que su secretaria virtual era encantadora, pero su voz desde luego sí era encantadora.

–*Inteligente, con clase...* –continuó leyendo Evelyn.

Inteligente era, desde luego. Y si había estado trabajando como secretaria para una empresa varios años como decía en su currículo, cuando menos debía tener buena presencia.

—Espera, se me ha ocurrido algo más.

—Oh, no te cortes, por favor. ¿La quieres rubia o morena? —inquirió ella con sarcasmo.

No, no podía decirse que fuera encantadora precisamente sino más bien incisiva, pensó, pero si le encontraba a la mujer que necesitaba se lo pasaría por alto.

—Creo que no estaría de más que la pusieras al corriente del motivo de la cena de esta noche y que le hablaras de Culshaw y de Álvarez. Sólo las cuatro cosas importantes que debe saber para no meter la pata y para que sea capaz al menos de meter baza en la conversación. Y por supuesto también tendrás que contarle algo de mí. Ya sabes...

Leo se quedó callado al comprender de repente qué era lo que lo tenía tan desconcertado de Evelyn. Su voz, esa voz que le había parecido tan encantadora, parecía la voz de una mujer con bastantes menos años de los que él le había echado. Y justo entonces tuvo un arranque de inspiración: ¿no sería Evelyn la candidata perfecta para hacerse pasar por su prometida?

—Evelyn, ¿cuántos años tienes?

—¿Perdón?

—Desde el principio había pensado que debías ser una mujer de mediana edad, pero por tu voz no lo pareces; de hecho, pareces mucho más joven. ¿Cuántos años tienes?

—¿Eso es relevante ahora mismo?

—Podría serlo —respondió él. Estaba dispuesto a apostar que no tenía más de treinta y cinco años, lo cual sería perfecto. No sabía cómo no se le había ocurrido antes aquello.

—¿Y puedo preguntar por qué? —inquirió ella. Su voz

sonó apenas como un murmullo, y Leo tuvo que hacer un esfuerzo para oírla en medio del tráfico.

Leo sonrió.

–Porque resultaría raro que mi prometida fuese lo bastante mayor como para ser mi madre.

Se hizo silencio al otro lado de la línea, un silencio claramente impregnado de suspicacia,.

–Me parece que no te comprendo.

–Es muy sencillo –contestó él, sintiendo que la adrenalina se disparaba por sus venas, como cada vez que su mente urdía un plan–. ¿Tienes planes para esta noche?

–¿Que si...? No. ¡No! –aquello no podía estar pasando. De ningún modo iba a acompañarlo a esa cena y a hacerse pasar por su prometida.

–Excelente –lo oyó decir mientras el pánico se apoderaba de ella–. Haré que mi chófer te recoja a las siete.

–¡No! Lo que quería decir es que sí tengo cosas que hacer esta noche. Lo que quería decir es que «no», no puedo ir.

–¿Por qué? ¿Hay un señor Carmichael al que tengo que pedirle permiso para que te deje venir?

–No, pero...

–¿Y entonces qué problema hay?

Evelyn cerró los ojos con fuerza, buscando desesperadamente una excusa antes de darse cuenta de que no tenía por qué justificarse, ni por qué explicarle que tenía un bebé en el que pensar, ni que no quería verlo por el simple hecho de que la sola idea la incomodaba. Lo único que tenía que hacer era decir «no».

–No tengo por qué hacerlo; ni veo que sea necesario. El señor Culshaw sabe que vienes de Estados Unidos. ¿De verdad crees que espera que te presentes en la cena con una prometida del brazo?

–Precisamente por eso es la solución perfecta que seas tú quien me acompañes. Resulta que mi prometida es australiana y vive aquí, en Melbourne.

Evelyn sacudió la cabeza.

–No, no funcionará; es imposible que funcione.

–Evelyn –le respondió él con mucha calma–: funcionará. Si te convences de que puede funcionar, todo saldrá perfectamente. Es sólo una noche; una cena nada más.

–Pero no está bien; les estaremos mintiendo si hacemos eso.

–Bueno, más que como una mentira yo prefiero verlo como una forma de dar tranquilidad a un cliente. Si es lo que Culshaw necesita... ¿por qué no dárselo?

–No sé, yo...

–Mira, no tengo tiempo para esto. Vayamos al grano. Antes te he dicho que estaba dispuesto a pagarle lo que fuera a la mujer que me acompañase esta noche, y ahora que te lo estoy pidiendo a ti te ofrezco lo mismo. Esta cena es importante para mí, Evelyn; creo que no hace falta que te diga hasta qué punto. ¿Cuánto debería pagarte para que aceptaras?

–¡No es por el dinero!

–Vamos, Evelyn, todo el mundo tiene un precio. ¿Qué tal diez mil dólares australianos?

Un gemido ahogado escapó de la garganta de Eve al escuchar aquella cifra y pensar en todo lo que podría hacer con ese dinero: comprar una secadora, cambiar las tuberías... y aún le sobraría y no tendría que tirar de sus ahorros. ¿Podría su vecina, la señora Willis, ocuparse de Sam esa noche?

–Tienes razón –dijo Leo al ver que no respondía–; digamos mejor veinte mil dólares. ¿Te parece una cifra razonable?

A Eve le dio un vuelco el estómago y puso unos ojos como platos.

–Veinte mil dólares... –repitió mecánicamente–. Por una noche...

–Ya te he dicho que es importante para mí. ¿Es suficiente para tentarte?

¿Que si era suficiente veinte mil dólares? A Evelyn, que había estado a punto de acostarse con él años atrás por nada, le daba vueltas la cabeza de sólo pensar que estaba dispuesto a pagarle todo ese dinero sólo para que lo acompañase a una cena de negocios. ¿De verdad significaba tanto para él aquel negocio? ¿Tanto había en juego?

Fuera como fuera ese dinero le iría tan bien... Además, ¿qué probabilidades había de que la reconociera? Habían pasado casi cuatro años, y aparte de las miradas de deseo y ese beso ardiente que habían compartido, dudaba que recordase siquiera su cara y mucho menos su nombre, y más teniendo en cuenta el número de mujeres que pasaban por su vida.

Por otro lado ella ya no llevaba el pelo teñido, como entonces, sino que había dejado que volviera a su color natural, castaño claro, y el embarazo había hecho que su cuerpo cambiase bastante. Ahora tenía curvas donde antes no las había tenido. Si trabajara en una oficina y no desde casa tal vez se habría preocupado por recuperar su figura; era uno de los peligros de trabajar en casa, que una tendía a no preocuparse demasiado de su apariencia.

Había perdido la práctica en eso de arreglarse, y eso significaba que tendría que empezar con los preparativos cuanto antes si tenía que estar lista a las siete. Miró el reloj de la pared y vio que le quedaban menos de ocho horas para encontrar un vestido de noche e ir a la peluquería a que le adecentaran el pelo. Eso suponiendo que su vecina pudiese hacerse cargo de Sam esa noche.

Justo en ese momento se oyó un golpe seco en el cuarto del pequeño seguido de un gritito y risitas. Evelyn se volvió y vio que Sam se había despertado y que estaba tirando fuera de la cuna uno a uno a todos sus muñecos. Lo cual significaba que tenía menos de treinta segundos antes de que empezase a protestar para que lo sacara de allí.

–Hay un par de cosas que debo resolver antes de darte una respuesta –le dijo a Leo, ansiosa por colgar antes de que Sam se pusiese a berrear–. ¿Te importa que te llame dentro de unos minutos para confirmarte si puedo ir o no?

–Pues claro, no hay problema –contestó él con esa voz acariciadora–... siempre y cuando tu respuesta sea «sí».

Leo se guardó el móvil en el bolsillo justo cuando el coche se detenía frente a su hotel. El portero le abrió la puerta y lo saludó tocándose el ala del sombrero de copa con sus dedos enfundados en un guante blanco.

–Bienvenido, señor Zamos, estábamos esperándolo –le dijo, y le tendió un sobre con su nombre y el número de la habitación–. Su suite ya está preparada si quiere subir a refrescarse.

–Excelente, gracias –respondió él con un asentimiento de cabeza antes de entrar en el hotel.

Se dirigió hacia los ascensores sintiéndose cada vez más confiado. Había tenido una gran idea al pedirle a Evelyn que fuese ella quien lo acompañase esa noche. Con su inteligencia seguro que impresionaría a Culshaw.

Mientras el ascensor lo llevaba a su planta, se preguntó qué aspecto tendría y si no debería haberle pedido que le enviara una fotografía por correo electrónico para asegurarse de que no era un esperpento. Si era guapa le costaría mucho menos sonreírle y pasarle el brazo por los hombros, aunque dadas las circunstancias tal vez resultaría más convincente si su aspecto era el de una mujer normal y corriente. Culshaw no le parecía la clase de hombre que le daba más importancia a las apariencias que al carácter y a la valía de las personas.

Además, era sólo por una noche; no era como si fuese realmente su prometida y fuese a casarse con ella de verdad.

Las puertas del ascensor se abrieron al llegar al piso veinticuatro, y se encontró frente a sí con un enorme ventanal a través del cual se veía una vista de la ciudad extendiéndose hasta el mar.

Sin embargo, excepto para orientarse, apenas prestó atención a lo que lo rodeaba. Sólo había un pensamiento en su mente mientras se dirigía a su suite: el éxito que ya casi podía tocar con las puntas de los dedos, el éxito que obtendría esa noche.

Capítulo 3

EVE ESTABA empezando a imaginar cómo debía haberse sentido Cenicienta camino del baile en palacio. Hacía una media hora había dejado atrás su mundo, su casa destartalada y a su bebé y estaba siendo transportada, ataviada con un vestido de seda, a otro mundo muy distinto con el que sólo había soñado.

¿Se habría sentido Cenicienta tan aterrada en su calabaza transformada en carruaje como se sentía ella? ¿Habría tenido el estómago atenazado por los nervios, igual que ella?

Claro que su historia no era la de un cuento de hadas. Para empezar ella no había tenido a un hada madrina que la trocara, con un toque de su varita, en una princesa. No, ella se había pasado todo el día preparándose, corriendo de una boutique a otra y luego a la peluquería después de haberle llevado a la señora Willis varios recipientes con comida para Sam para que no tuviera que preocuparse por hacérsela ella.

No había tenido ni un minuto para sentarse y pensar en lo que estaba a punto de hacer ni en por qué iba a hacerlo. Pero en ese momento, sentada en el confortable asiento trasero del coche que había enviado Leo para buscarla, no había distracción alguna, y se encontró haciéndose esas mismas preguntas. ¿Por qué había aceptado hacerse pasar por la prometida de Leo cuando su conciencia le decía que aquello no estaba bien?

Pues porque Leo le había ofrecido una suculenta

suma de dinero, naturalmente. No se definiría a sí misma como una persona de carácter mercenario, pero le motivaba la idea de conseguir con tanta facilidad el dinero necesario para todas las reparaciones que tenía que hacer en la casa. ¿Qué otra razón podría tener para hacer aquello?

«Que sientes curiosidad», respondió esa vocecilla maliciosa en su mente. «Quieres ver si sigue teniendo el mismo impacto en ti que tuvo hace años. Quieres averiguar si no es sólo su voz lo que hace que te revoloteen mariposas en el estómago. Quieres saber si sus ojos oscuros volverán a mirarte hambrientos de deseo».

¡No, no y no! Se removió inquieta en el asiento. Eso era justamente lo último que quería que pasara. Ahora tenía responsabilidades; tenía un hijo del que cuidar. Y ése era exactamente el motivo por el que había accedido a hacer aquello, se dijo aferrándose a ese pensamiento, porque quería darle una vida mejor. Después de todo, si no lo hacía ella, ¿quién iba a hacerlo? Su padre no desde luego.

Se mordió el labio, y sólo un segundo después recordó que llevaba carmín y que no debería hacer eso. Había perdido la costumbre. Por no hablar de lo duro que se le había hecho salir y dejar a Sam con su vecina. Era la primera vez que salía de noche en mucho tiempo, y en más de un instante había estado a punto de llamar a Leo para decirle que había cambiado de opinión.

Pero no lo había hecho. Sam había chapoteado alegremente en la bañera después de que le diera la cena, le había leído un cuento, y cuando se había dormido lo había llevado con la señora Willis, con la manita apretada y chupándose el pulgar como un angelito. ¿Y si se despertaba y se daba cuenta de que ella no estaba allí? ¿Y si empezaba a llorar y la señora Willis no lograse que se calmara? Dios, ¿cómo diablos se le podía haber ocurrido acceder a aquello?

Estaba empezando a caer la noche, y la ciudad ya se estaba engalanando con sus luces de neón igual que ella se había engalanado para la ocasión. Había comprado un vestido de seda color aguamarina. Le había costado el equivalente al sueldo que ganaba en un mes en la oficina en la que había trabajado antes de ser madre, pero difícilmente podía ponerse cualquier modelito comprado en las rebajas cuando iba a uno de los hoteles más caros de la ciudad.

Además, se había enamorado de aquel vestido nada más probárselo en la tienda. Le encantaba la delicadeza con que acariciaba sus curvas y el modo en que acentuaba sus ojos. Pero lo que le había hecho decidirse había sido la enorme sonrisa que le había lanzado su hijo al verla, y cómo había aplaudido con sus manitas regordetas sentado en su carrito.

Hasta su vecina le había hecho un cumplido al verla vestida y peinada, con el recogido que le habían hecho en la peluquería y las mechas que le habían puesto, cuando había ido a llevarle a Sam. Querida señora Willis... no sabría lo que haría sin ella.

El chófer detuvo el coche frente al hotel, y se volvió para tenderle una tarjeta al tiempo que el portero se acercaba para abrirle la puerta.

–Es una llave de la suite del señor Zamos –le explicó–. Me pidió que le dijera que no podría bajar a recibirla porque aún tenía que arreglarse, y que use la tarjeta para entrar.

Le indicó la planta y el número de la suite, y Evelyn le dio las gracias con una sonrisa rogando por que no se le olvidara antes de tomar la mano que le tendía el portero para ayudarla a bajar.

«Inspira profundamente», se dijo. Salió del coche con cuidado; no se fiaba de los zapatos de tacón. No eran muy altos, pero se había acostumbrado a los zapatos planos y se sentía algo insegura con ellos. Curioso cuando unos años atrás había llevado zapatos de tacón a diario y más de una vez había corrido calle abajo como si nada para que no se le escapara el autobús. Era extraño, la facilidad con que se perdían ciertas habilidades cuando dejaban de utilizarse.

Al entrar en el hotel, la grandiosidad del vestíbulo la dejó casi sin aliento, y de inmediato se sintió como un pez fuera del agua. Uno de los empleados tras el mostrador de recepción debió advertir lo perdida que parecía porque se le acercó a preguntarle si necesitaba ayuda.

–Tengo que reunirme con el señor Zamos en su suite –respondió mostrándole la tarjeta que le había dado el chófer.

Le dijo también la planta y el número de la suite, y el empleado la condujo amablemente hasta los ascensores.

«Ay, Dios», pensó Evelyn apretando los extremos de su chal con la mano y su bolso con la otra momentos después, cuando las puertas del ascensor se abrieron con un «ding» al llegar a la planta en la que tenía que bajarse.

«Es sólo una noche; sólo una cena», se recordó. Dentro de unas horas estaría en casa de nuevo, su vida volvería a la normalidad y podría ser otra vez simplemente una mamá que se ponía unos pantalones de chándal y una camiseta al levantarse por la mañana.

Dios, ojalá pasasen rápido las horas, rogó para sus adentros mientras salía del ascensor. El corazón le latía como un loco, era como si hubiese un enjambre entero zumbando en el estómago, y las piernas se le habían paralizado.

¿Cómo estaba tan segura de que Leo no la reconocería? Y si la reconociese... ¿cómo podría soportar la vergüenza de saber que sin duda recordaría también su desinhibición de aquel día, años atrás, cómo había estado dispuesta a entregarse a él sin conocerlo de nada, cómo había respondido a su beso con ansia, sin reservas? ¿Cómo podría seguir trabajando para él si recordaba todo eso?

Ella no era así, o al menos no normalmente. En una primera cita, si la cosa iba bien, como mucho había un beso de despedida. Lo de un romance de una noche no era para ella, pero había algo en Leo que la había despojado de su habitual cautela, convirtiéndola en una especie de criatura sedienta de sexo.

Las puertas del ascensor, que se habían cerrado hacía rato, volvieron a abrirse detrás de ella y salió una pareja, lo que la obligó a apartarse y a avanzar hacia la suite de Leo contra su voluntad.

Tenía que calmarse. ¿Por qué iba a acordarse Leo de ella? Sólo habían tenido un breve encuentro en una sala de archivos, por apasionado que hubiese sido, y no se habían vuelto a ver. Además, aquello no habría significado nada para un hombre como él que cambiaba de compañera de cama como quien se cambia de camisa. Seguro que se había olvidado de ella en el momento en que había abandonado el edificio. Y entonces ella le había dicho que se llamaba «Eve», no «Evelyn», como ponía en su página web, porque quería dar la impresión de ser una persona seria y de confianza.

Y sólo era una noche, se repitió, diciéndose que tenía que relajarse cuando llegó a la puerta de la suite. Sin embargo, al bajar la vista a la tarjeta en su mano sudosa se encontró con que la había estado apretando tan fuerte que le había dejado una línea blanca en la palma y en los dedos.

El chófer le había dicho que Leo le había dado la llave para que entrase, pero no le parecía correcto entrar sin llamar. Golpeó la puerta suavemente con los nudillos. Tal vez el chófer se hubiera equivocado; tal vez Leo ni estuviera allí.

No hubo respuesta, ni siquiera cuando llamó por segunda vez, así que inspiró profundamente para reunir el valor suficiente y deslizó la tarjeta en el interior del lector. Se oyó un zumbido seguido de un clic, y una lucecita verde parpadeó.

Al girar el pomo y empujar la puerta se encontró con un amplio salón decorado en tonos crema y marrón.

−¿Hola? −llamó vacilante, entrando y cerrando suavemente tras de sí.

No se atrevió a adentrarse mucho en el salón; sólo lo justo para echar un vistazo a la elegante decoración. Había un par de sofás enfrentados y dos sillones con una mesita baja en medio, y en la pared de enfrente un televisor enorme de pantalla plana. También había un escritorio mirando a la ventana sobre el que descansaba un ordenador portátil abierto. A través de una puerta abierta oyó a alguien hablando. Leo sin duda, a juzgar por el escalofrío de nervios que le recorrió la espalda.

−Tengo las cifras aquí mismo. No cuelgues...

Un momento después salió al salón, pero no miró hacia donde estaba ella, sino que fue derecho al portátil, cuya pantalla se encendió cuando tocó el panel táctil del teclado.

Los ojos de Evelyn, en cambio, lo habían seguido desde el momento en el que había cruzado la puerta, vestido únicamente con unos calzoncillos negros que eran poco más que una concesión al decoro.

Eran un dios, pensó deslizando la mirada por su figura: el cabello húmedo y revuelto, los anchos hombros, los músculos de la espalda, que se flexionaban cada vez que se inclinaba para mover la mano sobre el teclado, esa piel aceitunada que relucía bajo la luz de la lámpara, sus caderas, sus fuertes piernas...

Eve sintió que se contraían en la parte más íntima de su cuerpo músculos que hasta ese momento ni siquiera había sabido que poseía. Debía haber hecho algún ruido −Dios, esperaba que no hubiera sido un gemido−, porque de pronto Leo se quedó muy quieto y alzó la vista a la ventana que tenía enfrente. Por cómo se tensaron sus músculos supo que había visto su reflejo en el cristal. Se giró lentamente y entornó los ojos mientras la miraba de abajo arriba de un modo que hizo que Eve se sintiera como si estuviera dejando marcas en su piel.

–Luego te llamo –dijo a su interlocutor por el teléfono sin apartar los ojos de ella ni hacer ademán de cubrirse–. Ha surgido algo.

Evelyn se aventuró a lanzar una mirada en dirección sur, y de inmediato deseó no haberlo hecho, porque cuando volvió a alzar la vista a su rostro un brillo malicioso relumbró en sus ojos, como si supiera exactamente dónde había estado mirando.

–¿Evelyn?

Eve sabía que estaba esperando una respuesta, pero no era capaz de articular palabra. De repente se sentía como si el vestido hubiese encogido dos tallas a causa de aquel hombre tan viril... y con tan poca ropa encima.

Leo dio un paso hacia ella.

–¿Eres Evelyn Carmichael?

Ella retrocedió.

–¿Esperabas a otra persona?

–No, a nadie más; es sólo que...

–¿Qué? –inquirió ella en un hilo de voz.

¿Brillarían los ojos de las arañas como lo de él cuando estaban preparándose para lanzarse sobre su presa?

–Pues que no esperaba que fueras a ser así.

Eve se sentía mareada.

–Ya. Bueno, como es evidente que aún no estás listo, yo... –se volvió, su mano buscando ya el pomo de la puerta–... esperaré fuera.

Sin embargo, apenas había abierto un centímetro cuando Leo plantó la mano en la madera, sobre su hombro, y cerró la puerta.

–No tienes por qué echar a correr –le dijo–. Quédate.

Sírvete algo del minibar mientras yo acabo de vestirme en el dormitorio. No tardaré.

–Gracias –murmuró ella, mirando aún hacia la puerta–, lo haré.

El brazo de Leo se retiró y sus pisadas se alejaron, pero en vez de sentirse aliviada, como había esperado, una extraña desazón la invadió, como si se hubiese llevado el aire consigo.

Y las mejillas le ardían. Dios, debía parecerle una tonta de pueblo sin la menor sofisticación, comparada con la clase de mujeres con las que salía, a punto como había estado de salir corriendo, como una colegiala azorada que hubiese entrado por error en el lavabo de los chicos.

La verdad era que no le iría mal un trago, pensó mientras abría aún temblorosa por dentro la puerta del minibar. Claro que tal vez no fuera buena idea beber alcohol precisamente esa noche, y teniendo en cuenta que hacía mucho que no bebía. Y bastante la embriagaba ya la sola presencia de Leo.

Tal y como le había dicho, al poco rato regresaba ya visible con unos pantalones de vestir negros y una camisa blanca inmaculada y perfectamente planchada. Hasta vestido parecía más un dios que un mortal.

–¿Has encontrado algo? –inquirió mientras ella se hacía a un lado para dejarle sacar un botellín de cerveza del minibar.

–Sí, gracias –respondió levantando la botella de agua mineral que tenía en la mano.

Alargó el brazo para tomar un vaso mientras trataba de mantener la compostura, pero resultaba difícil cuando no podía dejar de recordar cuando lo había visto hacía unos minutos medio desnudo; no podía dejar de pensar en esos anchos hombros, en los pezones que asomaban bajo la mata de vello oscuro que descendía por su torso dirigiéndose hacia...

Inspiró en un intento por apartar esos pensamientos de su mente, y maldijo para sus adentros cuando su olor, mezcla de colonia y after-shave invadió sus fosas nasales. Por suerte en ese momento sonó el móvil de Leo, y aprovechó para alejarse de él, yendo a sentarse en uno de los sofás.

Cuando Leo colgó, un par de minutos después, se acercó y tomó asiento en el otro sofá, frente a ella. Apoyó un brazo sobre el respaldo, cruzó una pierna sobre la otra, y tomó un trago del botellín de cerveza, observándola todo el tiempo hasta que Eve sintió que le picaba todo el cuerpo por la intensidad de su mirada y que no podía respirar.

–Es un placer conocerte, Evelyn Carmichael; al fin dejas de ser virtual. De hecho, debo decir que me alegra ver que eres más que real –sacudió la cabeza, y el corazón le dio un vuelco a Eve. «¡Lo sabe!», pensó aterrorizada. Pero los labios de Leo se curvaron en una sonrisa de autorreproche–. ¿Cómo he podido pensar todo este tiempo que eras una mujer de mediana edad?

Eve respiró aliviada y hasta logró esbozar una sonrisa.

–Aún no, por suerte.

–Pero es que en tu currículo el apartado de experiencia laboral era interminable. ¿Qué hiciste, dejaste el colegio a los diez años?

A Eve le sorprendió que lo mencionara, pero mejor que recordara eso en vez de cómo se había disparado su líbido en aquel encuentro tan fogoso que habían tenido en cierta sala de archivos.

–No, acabé el instituto a los diecisiete, pero mientras estudiaba la carrera de Empresariales también trabajaba a media jornada. Tuve la suerte de ir haciendo buenos contactos y de ir consiguiendo poco a poco que me contrataran empresas más importantes.

Leo entornó los ojos.

–Imagino que ése debe ser el sueño de cualquier secretaria. ¿Qué hizo que lo dejaras para trabajar como freelance? Debió suponer un riesgo importante.

–Pues no sé, estaba contenta con cómo me iban las cosas y no me podía quejar, pero...

–¿Pero?

«Pero me dejó embarazada un compañero de la oficina...».

Eve se encogió de hombros.

–Me pareció que necesitaba un cambio.

Leo se inclinó hacia delante y levantó su botella hacia ella.

–Bueno, como gracias a esa decisión yo he salido ganando, brindo por ello. De verdad que no sabes cuánto me alegra que nos hayamos podido conocer por fin, Evelyn.

Brindaron, y mientras él tomaba otro trago, siguió sin apartar sus ojos de Eve, haciendo que el miedo de que la recordara volviera a apoderarse de ella.

–Sí, yo también –murmuró.

Tomó un sorbo de agua con la esperanza de aliviar el calor que la sofocaba, y estuvo tentada de llevarse el vaso a las mejillas, que aún se notaba ardiendo.

Nada había cambiado, pensó. Leo Zamos seguía ejerciendo sobre ella el mismo magnetismo que años atrás, la primera vez que lo había visto. Después de todo por lo que había pasado creía que había aprendido una o dos lecciones en los últimos años, pero seguía teniendo el mismo efecto devastador en ella, y se sentía igual de vulnerable cuando estaba con él.

Era perfecta; absolutamente perfecta, se dijo Leo, repasando mentalmente la lista de cualidades que había querido que tuviese su prometida ficticia. Mientras tomaba otro trago de cerveza Leo observó a la mujer que tenía frente a sí y que estaba esforzándose por parecer calmada a pesar de que estaba sentada en el borde del sofá, como si su mirada y su presencia la intimidaran, y no hacía más que dejar el vaso sobre la mesa para volver a tomarlo al instante siguiente y beber apenas un sorbo. Finalmente, como si ya no aguantara más la tensión, se disculpó para ir al servicio.

Se había mostrado tan reacia a ir allí esa noche..., recordó Leo dejando el botellín en la mesa. ¿Pero por qué, cuando saltaba a la vista que no habría podido encontrar a nadie mejor que ella? Era inteligente, como demostraba cada día con su trabajo, y el vestido y el peinado que había escogido para la ocasión decían que era una mujer con clase. Y en cuanto a lo de «encantadora»... No había visto nada tan encantador como el modo en que se había sonrojado al encontrarlo medio desnudo. ¡Si hasta había intentado salir de la suite!

¿Por qué tan vergonzosa? Al fin y al cabo tampoco era un completo extraño... Aunque, después de haberle dicho sin rodeos que desaprobaba su larga lista de compañeras de cama, tal vez tuviera miedo de acabar formando parte de ella.

Umm... Lo cierto era que aquella idea resultaba bastante tentadora, se dijo. Sin embargo, tan pronto como acudió a su mente la desechó. Después de todo era su secretaria, y las reglas eran las reglas. Era una lástima, pero se había impuesto esa norma por una buena razón, porque, gustándole como le gustaban las mujeres, era inevitable que más de una vez lo asaltara la tentación.

En fin, en cualquier caso al menos no tendría que pasarse el resto de la noche sonriendo a una mujer que no le atrajese. Le iba a resultar muy fácil sonreír a Evelyn, como en ese momento, al verla regresar del servicio, evitando recatadamente su mirada. Era sencillamente perfecta, desde ese glorioso cabello castaño con mechas de color miel, hasta las uñas pintadas de sus pies que asomaban por la abertura delantera de sus zapatos de tacón.

¡Y pensar que había estado convencido de que era una mujer de mediana edad!, se dijo riéndose para sus adentros. ¡Qué equivocado había estado!

Se levantó, dirigiéndose hacia ella antes de que pudiera sentarse, y Evelyn alzó la vista y abrió mucho los ojos, como sobresaltada, cuando se detuvo frente a ella, bloqueándole el paso hacia el sofá.

–¿Tenemos que irnos ya?, ¿llegamos tarde? –inquirió nerviosa.

Si se tratase de otra mujer, a Leo le habría irritado su aprensión, sobre todo si pensase que podría poner en peligro sus planes, pero le halagaba ver que tenía ese efecto sobre ella.

–Todavía no. La cena es a las ocho, en la suite presidencial –respondió–. Eres perfecta –murmuró apartando de su rostro un mechón que había escapado del elegante recogido. Cuando el dorso de sus dedos le rozó el cuello, la notó estremecerse–. No podía haber encontrado una prometida mejor.

Ella parpadeó, y Leo habría jurado que su cuerpo se balanceaba involuntariamente hacia él hasta que Evelyn pareció percatarse de lo que estaba haciendo y se apartó.

–¿Pero?

–No hay ningún pero –replicó él–. Lo único que tenemos que hacer es ponernos de acuerdo en lo que vamos a decir por si nos preguntan cómo nos conocimos. Estaba pensando que lo mejor sería alejarnos lo menos posible de la verdad, que eres mi secretaria y que una cosa condujo a la otra.

–De acuerdo.

–Y podemos decir que llevamos juntos... no sé, dos años, pero que no nos vemos mucho porque yo siempre estoy viajando y tú vives aquí en Australia.

–Tiene sentido.

–Y servirá para explicar por qué hemos decidido esperar un poco más antes de dar el paso definitivo.

–Casarnos –dijo ella asintiendo sin mirarlo–. Nos lo estamos tomando con calma.

–Exacto. Queremos estar seguros de que queremos hacerlo, y es difícil cuando sólo nos vemos unas cuantas veces al año.

–De acuerdo.

–Excelente –Leo tomó a Evelyn de la barbilla para que lo mirara a los ojos–. Pero hay una cosa más.

–Sabía que había un pero –respondió ella.

–Tienes que relajarte.

–Estoy relajada –protestó ella, poniéndose aún más tensa.

–Pues cualquiera lo diría –replicó Leo–, cuando es evidente que con sólo tocarte... –deslizó la yema de un dedo por su brazo, y Evelyn se estremeció y dio un paso atrás–... hago que te sientas incómoda.

–Es una cena –dijo ella, poniéndose a la defensiva–. ¿Para qué ibas a tener que tocarme?

–Porque cualquier hombre con sangre en las venas, y especialmente un hombre que piensa casarse contigo y que no te ve muy a menudo estaría deseando hacerlo.

–Oh.

–Justamente. ¿Comprendes ahora cuál es el problema?

–¿Y qué sugieres que hagamos?

Así, tan de cerca, Leo se encontró admirando los hermosos ojos de Evelyn, que no eran exactamente azules ni verdes, sino una mezcla de ambos, del verde de las aguas poco profundas que acarician la arena de la playa, y el azul zafiro mar adentro. Y aunque tenía muy presente esa norma de no mezclar trabajo y placer, no pudo evitar preguntarse cómo sería la expresión de esos bellos ojos al alcanzar el orgasmo.

–Bueno, como se suele decir, la práctica hace al maestro.

Leo vio a Evelyn tragar saliva.

–¿Y pretendes practicar... tocándome?

Fascinado, Leo deslizó el pulgar desde la barbilla de Evelyn hasta la base de su garganta, y la sintió estremecerse de nuevo.

–Y quiero que tú trates de no dar un respingo cada vez que lo hago.

–Lo... lo intentaré –murmuró ella, con ojos brumosos, probablemente sin darse cuenta de que estaba volviendo a balancearse hacia él.

Leo sonrió y le acarició la mejilla con la otra mano.

–¿Lo ves?, no es tan difícil.

Evelyn parpadeó.

–Sí, ya lo veo; todo irá bien.

Sin embargo, Leo no pretendía dar por finalizada aún la lección. No cuando su alumna se estaba mostrando tan dúctil, tan dócil.

–Excelente –dijo levantándole la barbilla con los nudillos–. Y ahora, sólo una cosa más.

–¿A qué te refieres? –inquirió ella sin aliento.

–Pues... –murmuró Leo acercándose un poco más a ella y bajando la vista a sus labios–... a que seguramente la idea de que te bese también te incomode, y deberíamos ponerle remedio.

Capítulo 4

EVE APENAS tuvo tiempo de pensar antes de que los labios de él tocaran los suyos. Aquel contacto fue tan leve como el roce de una pluma, pero tuvo en ella un efecto tan devastador que notó que se estremecía, y dio gracias por la solidez del cuerpo de Leo, que la sostuvo.

Después de ese breve beso volvió a asaltar sus labios, pero esa vez se tomó su tiempo, volviéndola loca con tentadoras caricias que parecían estar dejando sus pulmones sin aire.

Oyó un ruido, como un maullido de placer, y se dio cuenta no sólo de que había escapado de su garganta, sino también de que sus dedos se habían aferrado a los hombros de Leo.

Lo uno o lo otro debió accionar algún mecanismo en él, porque de pronto hizo el beso más profundo, más intenso, y Eve se vio inundada por una marea de sensaciones que sólo había experimentado antes una vez, años atrás.

Era como si Leo se hubiera apoderado de sus sentidos: el sabor de su lengua en su boca, la calidez de su aliento en su mejilla, el aroma de su colonia en el aire que respiraba, y la sensación de sus brazos de acero rodeándola y de su firme cuerpo apretado contra el de ella.

No podía pensar, sólo besarlo y dejar que la besara, sintiendo cómo exploraba cada centímetro de su boca con la lengua y ésta invitaba a la suya a entrelazarse con ella en una danza íntima.

¿Cuántas noches había recordado la fuerza de ese beso, años atrás, lo que había sentido al estar entre los brazos de Leo? Durante todo ese tiempo aquélla había sido su fantasía secreta, el recuerdo de unos minutos ardientes con un extraño. Sin embargo, jamás habría esperado que después de todos esos años fuera a volver a experimentar ese mismo frenesí.

La boca de Leo descendió entonces por su cuello, y Eve lo notó duro como una piedra contra su vientre. Se estremeció, y aquel temblor se intensificó cuando sus manos recorrieron sus costados y sus pulgares le rozaron los pezones.

Gimió cuando sus labios regresaron a su boca con un suave beso que apenas duró una fracción de segundo antes de que se apartara de ella.

Eve abrió los ojos, y se quedó mirándolo sin aliento, aturdida por lo que acababa de ocurrir.

–Estupendo –dijo Leo con voz ronca–. Debería funcionar. Espera aquí; tengo algo para ti –se dio la vuelta y se dirigió al dormitorio.

Eve se derrumbó contra la pared y se llevó las manos a las mejillas mientras intentaba no pensar en que había respondido al beso de Leo exactamente igual que años atrás, con el mismo abandono, con la mente nublada por el deseo.

¿Estupendo? A ella no le parecía que hubiera nada de estupendo en lo que acababa de pasar. No cuando él le habría quitado el vestido si el beso hubiera durado diez segundos más, o ella misma se lo habría arrancado de pura desesperación, ahorrándole la molestia, si en vez de diez hubiesen sido veinte.

¡Y todo aquello porque no quería que se mostrase nerviosa con él! Dios, ¿cómo no iba a ponerse nerviosa... sobre todo después de cómo había reaccionado? ¿Es que no había aprendido nada en todos esos años?

Apenas había recobrado el aliento cuando Leo regresó, con una corbata sin anudar en torno al cuello, una chaqueta colgada del brazo, y una expresión que Eve no supo interpretar. No era la expresión de engreída satisfacción que había esperado ver en su rostro; más bien parecía incómodo. Al ver las dos pequeñas cajitas que llevaba en la mano creyó entender el porqué.

–Pruébate estos anillos –le dijo tendiéndoselos–. Me los han prestado para esta noche. Con un poco de suerte uno de ellos debería valerte.

–¿Te los han prestado? –repitió ella mirando las cajitas recubiertas de terciopelo azul con recelo. No había sido una manera muy sutil de darle a entender que no podría quedárselos, aunque no fue eso lo que le molestó, sino el hecho de que eran parte del engaño que iban a escenificar–. ¿Hace falta que lleve un anillo?, ¿es estrictamente necesario?

Él le hizo levantar la mano y depositó las dos cajitas en su palma.

–Si no llevas un anillo de compromiso podrían sospechar.

–¿Y no podría ser simplemente tu novia?

–«Prometida» suena mucho mejor. Ya sabes todo eso del compromiso y demás –respondió Leo guiñándole un ojo mientras se ponía la chaqueta–. Además, ya les he dicho que iba a llevar a mi prometida. Anda, pruébatelos.

Eve abrió a regañadientes una de las cajitas. La luz de la lámpara sobre sus cabezas arrancó un brillante destello del enorme diamante, rodeado de pequeños diamantes rosas, que tenía engarzado el anillo, que era de oro blanco. Eve pensó que era el anillo más deslumbrante que hubiera podido imaginar jamás, pero cambió de idea al abrir la otra cajita. El segundo anillo era de platino, y tenía un zafiro con una hilera de pequeños diamantes a cada lado. Nunca había visto algo tan hermoso. Dejó sobre la mesa la otra cajita, sacó el anillo con el zafiro, y después de dejar la cajita vacía junto a la otra, lo deslizó sobre su dedo. Contuvo el aliento, y aunque sabía que era algo irracional, no pudo evitar el cosquilleo de satisfacción que afloró en su estómago al ver que encajaba perfectamente en la base de su dedo.

Giró la mano a un lado y a otro, admirando los destellos azules de la piedra.

—Deben costar una fortuna.

Leo se encogió de hombros, como si aquello no importara, y se puso frente a un espejo para anudarse la corbata.

—Bueno, supongo que no son baratos precisamente, aunque como te he dicho no los he comprado.

Eve se preguntó cómo sería que un hombre, un hombre que la amase a una de verdad, le regalase un anillo así, que se lo pusiese en el dedo y le dijese un sentido «te quiero; cásate conmigo».

—Estupendo; éste te sirve —dijo Leo tomando su mano—. ¿No vas a probarte el otro?

Eve giró la cabeza hacia la otra cajita, abierta sobre la mesa. Aunque la proximidad de Leo la hacía sentirse acalorada, cuando le respondió intentó que no se le notara hasta qué punto la afectaba.

—No he creído que fuera necesario; éste me queda bien.

—Y además hace juego con tus ojos.

Eve alzó la vista y encontró a Leo mirándola.

—Tienes unos ojos increíbles; cambian con la luz y tienen todas las tonalidades del mar.

—Gra-gracias.

—Espera, tienes una mancha de carmín... justo aquí —dijo Leo, pasándole la yema del pulgar por la comisura de los labios—. Me pregunto cómo habrá podido pasar —murmuró con una sonrisa traviesa.

Ella se llevó una mano instintivamente a los labios y dio un paso atrás.

–Será mejor que vaya a arreglarme el maquillaje –dijo antes de tomar su bolso de la mesita y dirigirse al cuarto de baño.

Leo lo había dicho en broma, pero ella no podía creerse que hubiese podido dejar que la besase. Si de ella dependía, aquello no volvería a ocurrir.

Leo la siguió con la mirada.

–Evelyn –la llamó de pronto.

Ella se detuvo y se volvió con el bolso apretado contra el pecho.

–Hay algo que puede que te haga sentirte un poco más relajada en mi compañía.

Eve contrajo el rostro. Sin duda se había fijado en lo tensa que se había puesto.

–¿El qué? –inquirió sin poder evitar una nota de escepticismo en su voz.

–Aunque he disfrutado mucho de este beso, tengo una regla sobre no mezclar los negocios con el placer.

Los grandes ojos azules de Evelyn parpadearon, y Leo se dio cuenta de que aún no había captado lo que quería decirle.

–Nunca me acuesto con mis secretarias –añadió–. Haga lo que haga esta noche: ya sea una caricia, un beso... lo que sea, será sólo parte de la pantomima que vamos a escenificar. No tienes nada que temer. ¿De acuerdo?

El rostro de Evelyn mudó de expresión, pero no de alivio, como él había esperado, sino por algún otro sentimiento que no supo interpretar.

–Claro –respondió, y poco después entraba en el cuarto de baño.

Bueno, lo había dicho, pensó Leo exhalando un suspiro mientras tomaba de la mesita las dos cajitas de los anillos. Las cerró, y fue a guardarlas de nuevo en la caja fuerte.

En cierto modo le había dicho aquello para tranquilizarla, como le había explicado a Evelyn, pero también lo había hecho para recordarse a sí mismo su regla de oro.

No había tenido intención de ir tan lejos; sólo había pretendido tentarla con el fruto prohibido, hacerla más dócil y más receptiva a su contacto, pero de pronto Evelyn había suspirado dentro de su boca y se había convertido en un volcán, envolviéndolo en ardiente lava.

Si no la había asustado con la intensidad de su reacción, él sí que se había asustado. Por eso se había apresurado a abandonar el salón con la excusa de ir por los anillos, porque había temido mirarla a los ojos, esos increíbles ojos profundos como el océano, y no poder resistirse a terminar lo que había empezado. Dios, cómo le habría gustado acabar lo que había empezado...

¿Por qué habría tenido que imponerse esa estúpida regla de no acostarse con sus secretarias?, se dijo irritado. Claro que entonces acudió a su mente Inge, la princesa de hielo que luego había resultado ser una ardiente contorsionista en la cama. Inge, la secretaria que le había chantajeado con un presunto embarazo para que le pusiera un anillo en el dedo.

Sí, aquella regla autoimpuesta tenía su razón de ser, reconoció a regañadientes. Si tan sólo pudiese convencerse de eso...

Cuando se miró en el espejo del baño, Eve no se reconoció. Incluso después de retocarse el maquillaje y de haberse arreglado el recogido, todavía le parecía que su reflejo era el de una extraña. Por mucho carmín que se pusiera, no podría disimular la ligera hinchazón de sus labios, provocada por el apasionado beso de Leo. Y ni los destellos del zafiro en su dedo podrían competir con el brillo de sus ojos.

Estaba comportándose como una tonta; Leo la había

besado simplemente porque aquello era parte de la pantomima. Aquel beso no significaba nada; él mismo lo había dicho.

Sin embargo, no pudo evitar temblar por dentro al recordar la sensación de su miembro endurecido, empujando insistente contra su vientre y haciendo aflorar el deseo en ella.

Un deseo que no sería satisfecho, como había ocurrido años atrás. Sí, aquello tan sólo era una pantomima. «Nunca me acuesto con mis secretarias», le había dicho.

Aquello le había provocado sentimientos encontrados. Por un lado habría querido reírse en su cara y decirle que ya había tenido su oportunidad hacía años, y que la había perdido. Por otro se había sentido aliviada, pero también habría querido protestar por lo injusto que era todo aquello.

Claro que al aceptar hacerse pasar por su prometida esa noche había sabido lo difícil que iba a ser para ella. Ya entonces había sabido que el volver a verlo reviviría los sentimientos que había sido incapaz de enterrar a pesar incluso del tiempo que había pasado.

Inspiró, y espiró lentamente antes de alzar con decisión la barbilla y mirarse una última vez en el espejo.

Sin duda lo peor ya había pasado y él le había dejado las cosas claras. Podía intentar disfrutar de la velada ya que hacía siglos que no salía. Tampoco tenía por qué ser tan difícil, ¿no?

–Recuerda –le dijo Leo mientras se dirigían a la suite presidencial–, no hables de nada trascendental, y evita el tema de la familia, ya sabes que es tabú después del escándalo que hubo.

–¿Qué fue lo que hicieron sus hijos?

–¿No lo leíste? Varias revistas se hicieron eco del asunto.

Eve sacudió la cabeza.

–Supongo que no leo las revistas adecuadas.

–En realidad todo empezó porque alguien colgó en Internet un vídeo de ellos en una fiesta.

–¿Y había algo embarazoso en el vídeo?

–Bastante embarazoso. Era una fiesta de intercambio de parejas.

–Oh.

–La mitad de la junta directiva de la compañía estaba en esa fiesta, y Culshaw no podía soportar ver cómo arrastraban por el lodo aquello por lo que había trabajado durante toda su vida. Por eso quiere vender la compañía –le explicó Leo. Cuando llegaron a la suite, se detuvo frente a la puerta–. ¿Lista?

Eve inspiró y asintió.

–Lista.

Cuando Leo la tomó de la mano, Eve se sorprendió no sólo porque la pilló desprevenida, sino también porque, a pesar de las circunstancias, no se sintió incómoda; más bien todo lo contrario.

–Estás preciosa –le susurró Leo al oído.

Eve sintió como su cálido aliento besaba su piel, incendiando sus sentidos.

«Es sólo parte de la pantomima», se dijo mientras él le hacía levantar la cabeza, tomándola de la barbilla, y se dejó hacer cuando Leo la besó de nuevo, aunque esa vez fue un beso dulce y tierno.

Un empleado del hotel les abrió la puerta y lo siguieron a través de un pasillo recubierto de espejos a ambos lados que conducía al salón de la inmensa suite presidencial.

Eve se sorprendió una vez más al ver su reflejo, del brazo de Leo y se dijo que quizá no tenía por qué estar nerviosa, que tal vez después de todo aquello funcionase. No parecía desentonar allí. Desde un principio le había parecido una locura, y aún tenía sus dudas en cuanto a que el plan de Leo fuese ético, pero quizá sí pudieran hacer creer a aquellas personas que eran pareja.

–¡Bienvenidos, bienvenidos! –exclamó un hombre mayor acercándose a recibirlos.

Eve reconoció de inmediato, por las fotos que había visto de él en los periódicos, que era Eric Culshaw. Parecía que el escándalo protagonizado por sus hijos lo hubiera hecho envejecer varios años de repente, pensó fijándose en los mechones blanquecinos en sus sienes y en sus hombros caídos, como si hubieran estado sosteniendo el peso del mundo. Le estrechó la mano a Leo.

–Sed bienvenidos los dos –lo saludó con una amplia sonrisa.

–Eric, deja que te presente a mi prometida, Evelyn Carmichael –le dijo Leo.

La sonrisa de Eric Culshaw se hizo aún más amplia cuando estrechó la mano de Evelyn.

–Es un placer conocerte, Evelyn. Vamos con los demás.

Eve necesitó unos segundos para sobreponerse a la magnificencia del salón. Siguiendo las indicaciones de Leo había reservado una suite de lujo para él, otra para los Álvarez, y la suite presidencial para los Culshaw, pero no se había imaginado algo así. Más que una suite, parecía un piso entero. El salón tenía varios espacios distintos: el salón propiamente dicho con cómodos sofás y sillones, un elegante comedor, y un estudio en el que no faltaba detalle. A través de las puertas se adivinaban un par de dormitorios con su cuarto de baño sin duda, y una cocina. La pared frente a ellos era una inmensa cristalera por la que se divisaba la ciudad de Melbourne, con sus rascacielos, en donde estaban sentados los demás, tomando champán y admirando la vista.

Eric hizo las presentaciones. Su esposa, Maureen Culshaw, era una mujer delgada de unos sesenta y tantos. Por la mala cara que tenía era evidente que el escándalo le había hecho tanto daño como a su marido. Sin embargo, había calidez en sus ojos, y a Eve le cayó bien de inmediato.

–Cuánto me alegra que hayas podido venir, Evelyn –le dijo Maureen tomándola de ambas manos–. Ése es un nombre que no se oye muy a menudo. O quizá debería decir que casi siempre se oye el diminutivo, «Eve».

–Me lo pusieron por mi abuela –le explicó Eve–; supongo que hoy día suena algo anticuado. Puedes llamarme Eve si quieres.

Maureen respondió algo, pero Eve no le prestó atención porque justo en ese momento vio cruzar una sombra por los ojos de Leo al tiempo que fruncía ligeramente el ceño. Se preguntó si habría dicho algo malo, pero no tuvo tiempo de dilucidar qué podría ser, porque Eric Culshaw se puso a presentarle a los Álvarez.

Richard Álvarez, de pelo rubio y penetrantes ojos azules, tendría unos quince años menos que Eric. Su esposa, Felicity, podría haber pasado por una estrella de cine y probablemente sería unos diez años más joven que él. Era un mujer morena y exótica, como una flor tropical con su vestido fucsia de seda y sus sandalias de tiras.

Un camarero le ofreció champán a Leo y a Eve y, mientras otro se acercaba al grupo con una bandeja de canapés, Leo se las arregló para conducirla hasta un sofá donde la hizo sentarse para luego tomar asiento cerca de ella. Demasiado cerca de ella.

Y no sólo eso, sino que además se echó hacia atrás y le pasó un brazo por los hombros al tiempo que se unía a la conversación entre Eric y Richard. Eve sabía que no era más que un gesto de cara a la galería, pero no pudo evitar que se le cortara el aliento cuando sus dedos se deslizaron por su brazo, hombro abajo, y luego ascendieron, hombro arriba, y así una y otra vez, despacio, haciendo que los pezones se le endurecieran y que una ola de deseo se apoderara de ella.

–¿Evelyn?

Parpadeó al darse cuenta de que le habían hecho una pregunta. Puso su mano sobre la de Leo, un gesto que a los ojos de los otros sin duda pasó como de afecto, aunque en realidad fuese un mecanismo de defensa para evitar que siguiera distrayéndola y pudiera tomar parte en la conversación.

–Perdona, Maureeen, ¿me estabas preguntando cómo nos conocimos? –se volvió hacia Leo, le sonrió y le apretó los dedos para darle a entender que quería que dejara de hacer lo que estaba haciendo–. La verdad es que no tiene mucho de romántico. Soy su secretaria y un día simplemente... surgió el amor.

–Exacto –asintió Leo sonriendo también.

Logró burlar las medidas de autodefensa de Eve y posó la mano de una manera posesiva en su muslo. Sus dedos se deslizaron hasta la rodilla, y luego volvieron atrás, haciéndola arder de deseo. A Eve le costó mantener la sonrisa. Dejó su copa sobre la mesita frente a ellos, puso su mano sobre la de él, y entrelazó sus dedos con los de Leo hasta clavarle las uñas en la palma a modo de advertencia. Sin embargo, Leo la miró, y volvió a sonreír.

–Y eso que siempre me había jurado y perjurado que jamás tendría una relación con alguien con quien trabajara.

Maureen juntó las manos con una palmada, como si estuviese entusiasmada con aquella historia.

–¿Lo has oído, Eric?, ¡justo como nos pasó a nosotros!

Eric sonrió de oreja a oreja y levantó su copa.

–Maureen fue la mejor secretaria que he tenido. Era

capaz de hacer ciento veinte pulsaciones por minuto, contestar al teléfono y tomar notas... todo al mismo tiempo –comentó exagerando–. No podía dejar escapar a un portento así.

–¡Eric! Siempre me has dicho que fue amor a primera vista.

–Y es la verdad –respondió él apretándole la mano afectuosamente antes de volver de nuevo la cabeza hacia los otros–. El día que entró a trabajar para mí fue ver a esta mujer tan sexy y encantadora, y en ese mismo instante caí rendido a sus pies. Lo que pasa es que no puedo ir contando eso en las reuniones de negocios –añadió riéndose.

Maureen se sonrojó y le apretó la mano a su marido.

–Siempre has sido un romántico, Eric –murmuró.

Eve aprovechó que nadie miraba para apartar la mano de Leo de su rodilla inclinándose hacia delante para tomar su copa de la mesa. Leo pareció captar el mensaje, y ella se preguntó si pensaría que ya había hecho bastante para dar la impresión de que estaban muy enamorados. Una parte de ella rogó por que así fuera, pero otra ya echaba de menos el contacto de su mano.

–¿Y vosotros, Felicity? –le preguntó a la señora Álvarez, intentando apartar esos pensamientos de su mente–. ¿Cómo os conocisteis Richard y tú?

–Pues... –la mujer sonrió y dejó su copa en la mesa antes de tomar la mano de su marido–. El día en que nos conocimos había ido a ver las regatas en el puerto de Sídney con una amiga. Había sido un día muy largo, así que de camino a casa paramos en un pub a tomar algo. Apenas nos habíamos sentado en una mesa cuando se acercó Richard y nos preguntó si podía invitarnos a una copa –giró la cabeza con una sonrisa hacia su marido, que se inclinó y la besó con delicadeza en la punta de la nariz–. Charlamos y charlamos, y cuando mi amiga y yo nos fuimos a marchar me pidió el teléfono y... bueno, ahí empezó todo.

—Justo como el príncipe Federico de Dinamarca y Mary Donaldson —comentó Maureen—. Creo que también se conocieron en un pub de Sídney, ¿no?

Eve, que recordaba haber leído sobre eso en una revista, iba a asentir, pero Leo tuvo que escoger ese momento para acariciarle lentamente la nuca con la yema del pulgar, y sintió que se le secaba la boca.

—¿No sería el mismo pub, verdad? —le preguntó Maureen a Felicity.

—No, pero para nosotros es especial. Volvemos allí cada año en el aniversario del día en que nos conocimos.

—Oh, qué romántico —dijo Maureen—. Me encanta Sídney y me encanta su puerto. Además, su clima cálido me sienta mejor que el de Melbourne.

Eve hizo un esfuerzo por ignorar las caricias de Leo, y sonrió.

—Sídney es una ciudad maravillosa. Yo estuve trabajando allí durante un tiempo, y pasé muchos fines de semana en la playa.

Los dedos de Leo se detuvieron cuando un recuerdo cruzó por su mente, un recuerdo de Sídney y de una mujer a la que había conocido años atrás... una mujer llamada Eve.

Capítulo 5

QUÉ ERA lo que había dicho Maureen? «Casi siempre se oye el diminutivo, Eve». Y Evelyn había respondido que podía llamarla «Eve» si quería. Aquello le había hecho fruncir el ceño porque le había recordado algo, pero en ese momento no había sabido muy bien qué. Había sido cuando Evelyn había dicho que había estado trabajando en Sídney cuando había comprendido que no era una coincidencia, y de pronto las piezas del puzzle habían encajado.

Su mente regresó a un día, años atrás, en el que había viajado a Sídney para una reunión de trabajo. Allí, en la sala de juntas, sus ojos se habían posado en una mujer sentada en el rincón, una mujer de pelo castaño claro con mechas rubias y piel bronceada, como si ambos hubiesen sido besados por el sol. Una mujer con unos ojos increíbles, más profundos y más cautivadores que cualquier mar.

A pesar del jet-lag, y de que se suponía que su mente debía estar centrada en el trabajo, una fuerte atracción física lo había sacudido nada más verla, y se había dicho que tenía que hacerla suya.

«Eve», le había respondido ella cuando la había llevado aparte durante un descanso y le había preguntado su nombre. Eve, la de los labios sensuales y los increíbles ojos, la del cuerpo hecho para el pecado, la que lo deseaba tanto a él como él a ella, como había podido comprobar en aquella sala de archivos.

Había maldecido al destino cuando había tenido que

irse de repente a Santiago de Chile, por la oportunidad que le había robado. Cuando sus asuntos en Chile concluyeron se había sentido tentado de regresar a Sídney, pero pronto había surgido algo más, y luego hubieron otras reuniones de trabajo en otros países, y otras mujeres, y le había perdido la pista.

Era irónico pensar que durante todo ese tiempo hubiera estado justo ahí, contestando sus e-mails, ocupándose del papeleo, organizando su agenda... Pero en ningún momento le había dicho quién era; ni una sola vez le había mencionado que ya se conocían. ¿Por qué?

Volvió a posar la mano en la espalda de Evelyn, y se concentró en la conversación, algo sobre una isla que poseían los Culshaw en el archipiélago Whitsunday. Mientras dibujaba arabescos distraídamente en la piel de satén de su «prometida», estudió su perfil, la línea de la mandíbula, esos ojos que debería haber reconocido... Estaba algo cambiada; las mechas de su cabello eran ahora de un tono rojizo en vez de rubias, y quizá ya no estuviera tan delgada. Eran unos cambios poco apreciables, y le sentaban bien. No le extrañaba que le hubiese resultado familiar nada más verla.

Cuando se levantaron para pasar al comedor, Evelyn lo miró brevemente con el ceño ligeramente fruncido, como si estuviera preguntándose por qué había estado tan callado, y él le sonrió, seguro de que aquella larga espera merecería la pena.

¿Pero qué iba a hacer con aquella regla suya de no acostarse con sus secretarias? Bueno, las normas estaban hechas para romperse.

La velada no pudo ir mejor. Las bebidas, los canapés, la cena, el café y el postre... se merecían un diez. Debía recordar felicitar al servicio de cátering.

Además, Culshaw tuvo durante toda la cena una amplia sonrisa en el rostro, su mujer pareció animarse mucho, y los Álvarez resultaron ser una compañía muy agradable y divertida, encadenando una anécdota con otra y haciéndolos reír a todos.

Y Evelyn... ¡oh, Evelyn! Interpretó su papel a la perfección, exceptuando ese hábito un tanto irritante de mirar su reloj de pulsera casi cada diez minutos. ¿Por qué? Ni que tuviera prisa por ir a algún sitio. Él desde luego no la iba a dejar marcharse del hotel sin antes haber rememorado los viejos tiempos con ella.

Cuando les habían servido una copita de licor con el café, Culshaw ahogó un bostezo y les dijo que Maureen y él se iban a retirar ya, no sin pedirles disculpas, aduciendo que tenía la costumbre de acostarse temprano porque le gustaba salir cada mañana a primera hora a dar un largo paseo.

—Pero os doy las gracias a todos por esta agradable velada. Richard, Leo, estaba pensando que mañana podríamos ultimar los detalles que faltan para cerrar nuestro acuerdo; ¿qué os parece?

Mientras los hombres se quedaron aparte hablando de negocios, las mujeres tomaron sus bolsos y sus chales y se pusieron a charlar entre ellas. Eran buena gente, pensó Evelyn, deseando haberlos podido conocer en otras circunstancias, en vez de estar interpretando una farsa.

—¿Nos vamos? —le preguntó Leo, irrumpiendo en sus pensamientos.

Y cuando tomó su mano y se la llevó a los labios para besarla, vio escrita en su rostro la satisfacción por cómo se había desarrollado la velada.

El acto final, pensó ella cuando sus labios le rozaron la mano, y le dedicó una mirada de deseo apenas contenido, una mirada que prometía una noche ardiente. La clase de mirada que un hombre le dirigiría a su prometida antes de retirarse a su habitación. El broche final de la pantomima.

Ella, por su parte, ni siquiera tuvo que fingir. No cuando su cuerpo respondió como lo haría el de una mujer ante los requerimientos de su amante: el pulso se le aceleró, y una ola de calor afloró entre sus piernas. No le extrañaba que los Culshaw y los Álvarez se hubieran creído que estaban juntos. Leo interpretaba muy bien su papel; hacía que resultase muy fácil para ella. Era una lástima que todo aquello fuese sólo ficción, se dijo antes de que se despidieran de los Culshaw y los Álvarez y abandonaban la suite.

–¿Está esperándome tu chófer abajo para llevarme a casa? –le preguntó a Leo cuando estaban esperando el ascensor, mientras comprobaba su teléfono por si tuviera mensajes.

Vio con alivio que no había ninguno, y volvió a guardarlo en el bolso. Eso debía significar que la señora Willis no había tenido problemas con Sam.

–¿Tan ansiosa está por marcharte? –le preguntó Leo–. ¿Tienes prisa por ir a algún sitio?

–No tengo prisa; es sólo que tengo ganas de llegar a casa.

Y era verdad que no tenía prisa, porque a esas horas la señora Willis ya debía estar dormida, y no podría recoger a Sam hasta la mañana siguiente. Pero tampoco tenía nada que hacer allí. Había cumplido con su cometido; era hora de que Cenicienta volviese a casa, a la vida real.

–¿Seguro? Has estado mirando el reloj cada diez minutos mientras cenábamos. Tengo la sensación de que estoy reteniéndote cuando según parece tienes algo importante que hacer... o alguien que está esperándote.

–No –insistió ella, reprendiéndose por no haber sido más discreta. Había ido al servicio un par de veces para ver si tenía mensajes, porque no quería parecer grosera ni despertar sospechas, y pensaba que nadie había estado mirándola en los momentos en que le había echado un vistazo al reloj–. Pero de todos modos ya hemos acabado con lo que habíamos venido a hacer aquí, ¿no?

–¿No te estás olvidando de algo?

–¿De qué? –inquirió ella sin comprender. Leo levantó su mano, y la lámpara que tenían encima arrancó un destello del zafiro en su dedo–. Oh, sí, perdona, casi lo olvido.

Intentó apartar su mano para quitárselo, pero Leo la detuvo.

–Aquí no. Espera a que lleguemos a mi suite.

Ella estaba a punto de decirle que no hacía falta que fueran allí, que también podía dárselo cuando entrasen en el ascensor, pero en ese momento se oyeron voces detrás de ellos y aparecieron los Álvarez, que se habían quedado charlando un rato más con los Culshaw. Como ellos tenían su suite en la misma planta que Leo, quedaría un poco raro que la vieran separarse de él, así que no tendría más remedio que acompañarlo a su suite y esperar unos minutos para marcharse.

–Ah, nos encontramos de nuevo –dijo Richard, justo cuando se abrían las puertas del ascensor frente a ellos–. Buen trabajo, Leo. Culshaw parece mucho más predispuesto a nuestro acuerdo. Me ha dicho que nos llamará mañana, después de su paseo, para vernos de nuevo y dejarlo todo bien atado.

Leo sonrió y asintió con la cabeza.

–Excelente.

Los cuatro entraron en el ascensor y después de unos minutos de charla intrascendente llegaron a su planta. Se dieron las buenas noches y se separaron para ir a sus respectivas suites.

Leo le había dicho que no mezclaba el placer con los negocios y Evelyn iba tranquila porque sabía que no tenía nada que temer. Le devolvería el anillo, se aseguraría de que no había nadie en el pasillo y se marcharía.

Leo metió la tarjeta en el lector, y cuando se abrió la

puerta le hizo un ademán para que entrara. Eve ignoró el cosquilleo en su estómago cuando pasó junto a él, intentando no pensar en lo bien que olía. Antes de que él cerrara la puerta ya se había quitado el anillo y estaba metiéndolo en su cajita.

–Bueno, pues ya está –dijo cerrándola antes de dejarla sobre la mesita baja–. Con esto concluyen mis obligaciones de esta noche. Si fueras tan amable de llamar a tu chófer para que venga a recogerme...

–Creía que habías dicho que no tenías prisa –lo interrumpió él.

Estaba descorchando una botella de champán, que parecía haber aparecido allí por arte de magia junto con una cubitera y un par de copas. Evelyn lo miró recelosa.

–No recuerdo que eso estuviera ahí cuando nos marchamos.

–No estaba; le he pedido al servicio que nos la trajeran –le explicó él–. Me pareció que teníamos algo que celebrar.

El corazón de Evelyn palpitó con fuerza.

–¿Celebrar? ¿El qué?

–Que lo hemos conseguido. Todos han creído que éramos pareja. Tenías a los Culshaw y a los Álvarez comiendo de tu mano.

–Ha sido una velada agradable –dijo ella, aún recelosa, aceptando la copa que él le tendió. «Ojalá se sentara», pensó, en vez de quedarse ahí de pie, entre ella y la puerta–. Son una gente muy agradable.

–Ha sido la velada perfecta, y tú has sido la perfecta prometida, Evelyn –chocó suavemente su copa contra la de ella y la levantó–. Deberías añadir esto a tu currículo. Brindo por ti... por nosotros.

De pronto a Eve le costaba respirar. «No hay ningún nosotros», habría querido protestar, pero Leo estaba mirándola de ese modo que hacía que se le acelerara el pulso y se sintiera acalorada. Sacudió la cabeza.

–Bueno, no creo que tuviera mucho sentido ponerlo en mi currículo cuando dudo que vaya a volver a hacer nada parecido a esto.

–¿Por qué no? Me ha sorprendido lo natural que has estado –Leo señaló con un movimiento de cabeza su copa, de la que aún no había bebido–. ¿No vas a probar el champán?

Ella parpadeó y tomó un sorbo, preguntándose si Leo se apartaría en algún momento del minibar, dejando libre el camino hacia la puerta.

–Está delicioso. Y gracias por el cumplido. Es sólo que me siento un poco mal por haber engañado a esa gente; son buenas personas.

–Eso es algo que me gusta de ti, Evelyn –murmuró Leo avanzando. Se detuvo al llegar frente a ella, y le apartó un mechón del rostro, haciéndola estremecer cuando su mano le rozó la mejilla–. Me gusta esa vena honrada que tienes, Evelyn, ese deseo de no engañar; es algo digno de admiración.

Eve notó algo extraño en su voz aterciopelada, como una ira contenida. ¿Acaso sospechaba algo?

–Debería irme ya –murmuró, dejando su copa encima del mueble más cercano–. Es tarde y no quiero molestar a tu chófer, así que tomaré un taxi.

Una sonrisa se dibujó en los labios de Leo, la sonrisa de un depredador que sabía que los intentos de su presa por escapar eran inútiles, una sonrisa que la hizo estremecerse por dentro.

–¿Te importaría apartarte?, quiero irme a casa.

–¿Ya quieres marcharte? –murmuró él–. Creía que ibas a tomar una copa conmigo.

–Ya he tomado una, gracias.

Leo tomó la que ella había dejado sobre el mueble y se la tendió.

–No, ésa era para celebrar. Ésta es por los viejos tiempos. ¿Qué me dices, Evelyn? ¿O quizá debería llamarte Eve?

Una ola de miedo la invadió, y tuvo que apoyarse en la pared que tenía detrás porque las piernas le temblaban. ¡Lo sabía! La había reconocido y estaba enfadado. Se humedeció los labios, pero le costó articular las palabras.

–Puedes llamarme como quieras –dijo, haciendo un esfuerzo por aparentar serenidad. Sin embargo, su voz sonó algo desesperada–, pero tengo que irme ya; es tarde.

–Una vez conocí a una Eve –continuó él ignorando su nerviosismo. O quizá estaba disfrutando viéndola en aquel trance–. Fue en una edificio de oficinas desde el que se veía el puerto de Sídney. Tenía unos ojos azules impresionantes y un cuerpo increíble. Desde el primer momento me di cuenta de que se moría por mí; prácticamente estaba suplicándome con la mirada que la hiciese mía.

–¡Eso no es cierto! –exclamó ella, y de inmediato lamentó aquel arranque, porque acababa de admitir que era ella, y deseó que se la tragara la tierra.

Leo la tomó de la barbilla para obligarla a mirarlo a los ojos, y Evelyn vio que brillaban triunfantes y amenazadores.

–Llevas trabajando para mí durante más de dos años; ¿cuándo pensabas decírmelo?

–No había nada que decir.

–¿Nada? ¿Con lo ardiente que te mostraste aquel día?

–¡Pero si no pasó nada! –protestó ella–. Además, fue una mera coincidencia que empezara a trabajar para ti. Tú querías una telesecretaria y me enviaste un mensaje a través de mi página web. Lo que pasara o no pasara aquel día entre nosotros en Sídney es irrelevante. No tiene nada que ver –las palabras abandonaban sus labios

tropezando unas con otras, pero Eve no podía parar–.
Y se suponía que siendo tu telesecretaria no tendríamos
que vernos nunca cara a cara, así que no pensé que tuviera ningún sentido decírtelo. De hecho, si no hubiera
sido porque necesitabas a alguien que se hiciera pasar
por tu prometida esta noche, nunca lo habrías sabido.

–Ah, ya veo. Así que es culpa mía que me hayas estado mintiendo todo este tiempo.

–Yo no te he mentido.

–Me has estado mintiendo por omisión. Sabías quién
era, sabías lo que estuvo a punto de ocurrir entre nosotros, pero no me dijiste que ya nos conocíamos. Y estoy
seguro de que hoy viniste aquí rogando por que no te
reconociera... y casi lo consigues.

–¡Yo no quería venir!

–No, y ahora ya sé por qué. Porque sabías que no habías sido honrada conmigo, y que antes o después lo
descubriría. Resulta irónico que digas que te sabe mal
engañar a los Culshaw y a los Álvarez cuando tú me has
tenido engañado durante dos años.

–¡Me he limitado a hacer mi trabajo, y no creo que
puedas tener queja de él!

–Yo no he dicho que tenga ninguna queja, pero me
parece que deberías habérmelo dicho.

–¿Y me habrías contratado si lo hubiera hecho?

–¿Quién sabe? Si me lo hubieras dicho tal vez esta-
ríamos juntos en la cama en vez de aquí, discutiendo.

¿Cómo podía hacerle aquello?, pensó ella irritada,
sintiendo que le ardían las mejillas de sólo pensar en
eso. No era justo que sacase a colación el sexo, recor-
dándole lo que podía haber sido y no fue, en ese preciso
momento, allí, en su suite, y cuando estaba a punto de
perder su trabajo por no haberle hablado de una noche,
tres años atrás, en la que al final no había ocurrido nada.

–Deja que te diga algo, Evelyn –murmuró él, acariciándole la mejilla–. Deja que te cuente un secreto que

te habría contado si me hubieras dicho la verdad. Hace tres años yo iba a bordo de un vuelo con destino a Santiago de Chile. Tenía que leer un informe de cincuenta páginas y diseñar una estrategia para cerrar un negocio, pero después de una hora de vuelo no lograba concentrarme. ¿Y sabes por qué? Porque no podía dejar de pensar en una secretaria de largas piernas con los ojos más increíbles que había visto jamás. Lo único en lo que podía pensar era en que no debería haberme marchado de Sídney.

–Oh –musitó ella.

Nunca se le había ocurrido que él hubiera podido lamentar el que se hubiera tenido que marchar así, de repente. Nunca se le había ocurrido que tal vez ella no había sido la única que no había podido dormir esa noche, la única que había seguido pensando en aquel encuentro.

–Me sentí muy frustrado –dijo Leo, dejando que su dedo se deslizase por su cuello–, tuve que irme antes de que tuviéramos ocasión de... conocernos un poco mejor. ¿Y tú, Evelyn?, ¿no te sentiste frustrada?

–Tal vez un poco.

–Vaya. Yo esperaba que fuese algo más que un poco.

–Tal vez –concedió ella, ganándose una sonrisa de él.

–Y ahora me encuentro con que durante estos dos años has estado engañándome, que decidiste ocultarme quién eras en realidad.

Ella parpadeó.

–¿Cómo podría habértelo dicho?

–¿Cómo pudiste no hacerlo cuando sabías que aquel día saltaron chispas entre nosotros? Exactamente igual que hace unas horas aquí, en mi suite, cuando te besé y estallaste en llamas entre mis brazos. ¿Sabes lo difícil que me resultó poner fin a ese beso? Lo que quería era llevarte a mi cama y no a esa cena.

Evelyn se estremeció porque sabía que era verdad, y porque sabía que si lo hubiese intentado, ella no habría opuesto resistencia. Estaba confundida. Hacía unos momentos Leo se había mostrado muy enfadado con ella, pero de pronto era como si una tensión completamente distinta vibrase en el aire.

–¿Qué es lo que quieres?

–Lo que he querido desde el primer día en que te vi –le dijo él mirándola con ojos oscurecidos por un deseo casi salvaje, haciéndola temblar por dentro–. Te quiero a ti.

Capítulo 6

ESTO ES un error –le advirtió ella en un hilo de voz, dando un paso atrás. Al ver que Leo avanzaba, retrocedió de nuevo, y para su espanto su espalda se chocó con la pared–. No podemos dejar que esto ocurra –musitó mientras los labios de él descendían hacia los suyos.

–¿Por qué no?

–Por que no te acuestas con tus secretarias; no mezclas el placer con los negocios. Tú mismo lo dijiste.

–Cierto –asintió él rozando levemente los labios de ella con los suyos, y luego otra vez–. Nunca mezclo el placer con los negocios.

–¿Y qué se supone que estás haciendo entonces? –inquirió ella, con el corazón queriéndosele salir del pecho.

Leo deslizó las manos por detrás del cuello de Evelyn y enredó los dedos en su cabello para hacerle levantar la cabeza.

–A veces hay tareas pendientes... –murmuró, sus ojos fijos en la boca de ella–. Y ahí entran una serie de reglas muy distintas; un libro entero, de hecho –sus ojos oscuros buscaron los de ella, y la intensidad de su mirada la hizo caer bajo su hechizo–. ¿Te atreves a abrir ese libro, Evelyn? ¿No quieres perderte entre sus páginas y disfrutar de una noche de placer, una noche de pecado, para resarcirte de aquella otra noche, hace años, que nos robó el destino?

Esa vez la besó en los párpados, primero en uno y

luego en el otro, besos leves como el roce de las alas de una mariposa en los que Evelyn sentía su cálido aliento y sus suaves labios, que la hacían estremecer con su ternura y el devastador impacto que tenían en sus sentidos.

–¿O aún quieres marcharte?

La besó antes de que pudiera responder, como si estuviese intentando convencerla con sus ardientes labios en vez de con sus palabras, y por la tensión que se adivinaba en cada uno de sus movimientos Evelyn tuvo la sensación de que aunque estaba mostrándose muy tierno, apenas podía controlar el deseo que bullía en su interior. Estaba ofreciéndole una noche de placer inimaginable, una noche con la que había fantaseado muchas veces desde aquel día, años atrás, pero también le estaba ofreciendo la posibilidad de negarse.

Ella estaba sintiéndose muy, muy tentada de quedarse, pero sabía que debería irse. Era lo que le decía el sentido común. Ya no era una mujer sin preocupaciones que pudiera hacer lo que quisiera. Ahora tenía responsabilidades; ahora era madre y tenía a un hijo pequeño esperándola.

Los dulces besos de Leo la torturaron mientras su mente intentaba tomar una decisión, lanzando argumentos a favor y en contra. La decisión era suya, pero no se sentía con fuerzas para tomarla porque sabía que tomara la decisión que tomara, acabaría arrepintiéndose durante el resto de su vida.

Pero sólo era una noche, y su hijo estaba dormido, al cuidado de la señora Willis. Y sin embargo... ¿Acaso no era ese hijo el resultado de otra noche como aquélla en la que se había dejado llevar por su mala cabeza? ¿Quería arriesgarse a que pasase de nuevo? ¿Podía permitírselo?

Claro que, si se marchase, al llegar a casa y meterse en su cama vacía pensaría en la oportunidad que había perdido. ¿Y si se rendía a sus impulsos? Leo se había convertido en una obsesión para ella, y tal vez al hacerlo con él se encontrara con que en la cama era una decepción. Eso la ayudaría a desmitificarlo y a olvidarse de él. Además, ¿no se merecía una noche de placer después de todo lo que trabajaba?

Los labios de Leo acariciaban los suyos, seduciéndolos con una danza muy sensual, su lengua traviesa le reiteraba la invitación que le había hecho, y sus grandes manos subían y bajaban por sus costados, rozándole los senos y haciendo que se le endurecieran los pezones. Un gemido ahogado escapó de la garganta de Evelyn. ¿Una decepción en la cama? Lo dudaba mucho.

–¿Qué quieres que hagamos? –le insistió él con el aliento entrecortado, echándose hacia atrás para buscar en sus ojos una respuesta–. ¿Abrimos el libro... o todavía quieres marcharte? Tienes que decidirte, ya, Evelyn, porque si no lo haces te aseguro que no te dejaré ir a ninguna parte.

El deseo impregnaba sus palabras y había tensado sus facciones. Evelyn se sintió halagada de ver que ejercía ese poder sobre él, y también la halagó el saber que, a pesar de lo mucho que la deseaba, estaba dispuesto a dejarla marchar, si eso era lo que quería. Claro que tal vez era sólo un gesto, porque sin duda él también debía notar que sus besos y sus caricias habían desatado en ella un incendio imposible de apagar. Sólo podía dejar que la consumieran las llamas hasta que sólo quedasen las cenizas. Pero en cualquier caso le estaba dejando a ella tomar la decisión.

–Tal vez... tal vez podríamos leer una página o dos –aventuró vacilante y casi sin aliento.

Él asintió con un gruñido de hombre de las cavernas, y su ardiente boca asaltó la de ella. Sus manos pronto se unieron al asalto también recorriendo su espalda, y tomando luego sus pechos, y frotándole los pezones con las yemas de los pulgares. Aquello le produjo unos escalofríos deliciosos que descendieron hasta la parte más íntima de su cuerpo y arrancó un gemido de sus labios.

–Dios, te deseo tanto... –murmuró Leo, dando voz al pensamiento que se repetía una y otra vez en la mente de ella.

Evelyn le empujó la chaqueta por los hombros mientras él se descalzaba. Leo la soltó sólo un momento, lo justo para acabar de quitarse la chaqueta y dejarla caer al suelo. Ella no perdió el tiempo y se puso a desanudarle la corbata y desabrocharle la camisa desesperada, mientras Leo buscaba la cremallera en la parte trasera de su vestido. Poco después la notó bajar, y sintió el tacto eléctrico de las manos de Leo en su piel desnuda. Impaciente por sentir ella también la piel de él, le arrancó los últimos botones de la camisa, sin preocuparse cuando los oyó saltar y rebotar por el suelo.

Frotó su firme torso con ambas manos, dejando que sus dedos se enredaran en el vello que lo cubría y deteniéndose en los pezones. Si le quedaba alguna duda de hasta qué punto la deseaba, se disipó cuando una de sus manos bajó a la entrepierna de Leo y lo notó rígido. Leo jadeó y la empujó contra la pared mientras Evelyn le desabrochaba el cinturón.

Leo le bajó los tirantes del vestido y tomó sus pechos. El sujetador de encaje apenas era una barrera, pues dejaba pasar el calor de sus manos, y luego hasta esa barrera desapareció cuando Leo se deshizo de él y su boca reemplazó a sus manos, devorándola, lamiendo las areolas, succionando los pezones hasta hacerla gritar de puro éxtasis. El sexo con Leo era tan increíble como siempre había imaginado y más, pero aún no estaba satisfecha.

Se aferró a sus hombros mientras él seguía estimulando sus pezones con la lengua, y las manos de Leo le levantaron la falda al tiempo que ascendían por sus muslos.

–Por favor... –le suplicó asiendo su cabeza entre ambas manos.

Jadeó cuando la mano de Leo bajó y sus largos dedos la acariciaron a través de las braguitas. Estaba tan húmeda... Lo necesitaba tanto...

–¡Por favor! –le suplicó de nuevo.

Leo se deshizo de sus braguitas y se bajó los pantalones. Cuando Evelyn vio su miembro liberado, erecto y apuntando hacia ella como la aguja de una brújula señalando el Norte, recordó algo importante...

–¿Tienes un preservativo? –le preguntó, aturdida por el deseo que le nublaba la mente.

Pero Leo ya estaba abriendo uno con los dientes, y se lo colocó con destreza antes de volver a atraerla hacia sí para comenzar a besarla de nuevo.

Sus senos se apretaron contra el pecho de Leo, y la sensación de estar piel contra piel dejó a Evelyn sin aliento. O tal vez fuera lo que estaba haciéndole con las manos y esos hábiles dedos.

Con el vestido arremolinado en torno a la cintura, las manos de Leo masajeándole las nalgas, y sus dedos jugueteando muy cerca de su clítoris, Evelyn sintió que estaba a punto de perder la cordura cuando él la levantó, haciendo que lo rodeara con las piernas, y notó su grueso y duro miembro empujando contra ella.

Se le escapó un grito, algo ininteligible, perdida como estaba en ese mar de sensaciones, dejándose caer hacia las profundidades. Sentía que no iba a poder resistir más tanto placer, pero al mismo tiempo era como si no fuera suficiente, y si no lo tenía pronto dentro de sí moriría.

Leo no la hizo esperar más. Con un gemido gutural la hizo descender sobre él a la vez que la embestía, hundiéndose en ella.

Evelyn sabía que recordaría siempre cada detalle de ese instante: el sabor salado del sudor en la piel de Leo, el olor de su pelo, sus grandes manos asiéndola por las caderas, y la gloriosa sensación de tener su miembro palpitante dentro de sí.

¿Podía haber algo mejor que aquello? Cuando Leo comenzó a moverse se respondió a sí misma que sí. Nunca había experimentado nada igual. Era un torrente de sensaciones deliciosas, una tras otra. Con cada sacudida de sus caderas Leo la llevaba más y más alto, entrando y saliendo de ella con calculados movimientos.

Hasta que llegó un momento en que la fricción de sus cuerpo, y aquel ritmo frenético, los llevó a fundirse el uno con el otro, desembocando en un auténtico cataclismo de placer.

Evelyn gritó al llegar al orgasmo, echando la cabeza hacia atrás, contra la pared, y sus músculos se tensaron al límite al tiempo que él se estremecía, alcanzando la cima con ella pocos segundos después.

Evelyn no sabía cuánto tiempo permanecieron así, unidos de aquella manera. Estaba demasiado ocupada intentando recobrar el aliento. Sin embargo, sus pies encontraron el suelo, y poco a poco fue bajando de nuevo a la Tierra y sólo entonces fue consciente de que estaba apenas cubierta por su vestido, entre una pared y un hombre medio desnudo con el que acababa de hacerlo y había sido tan increíble que en una escala del uno al diez sería un once.

–Vaya... –murmuró azorada mientras él se deshacía del preservativo usado.

Fue en ese momento cuando recordó su desenfreno. ¿De verdad le había arrancado los últimos botones de la camisa en su desesperación por poder tocarlo? ¿Y era ella quien había gritado al alcanzar el orgasmo?

Leo se rió suavemente.

–Evelyn Carmichael, eres una caja de sorpresas –le dijo antes de darle un suave beso en los labios.

Eve no podía creerse aún que aquello hubiera pasado. Decidió que lo mejor sería cubrirse un poco antes de buscar su ropa interior, pero apenas se había subido un tirante cuando él la detuvo asiéndole la muñeca.

–Déjalo –le dijo–. No tiene sentido; no lo tendrás puesto mucho tiempo.

–¿Cómo?

Un brillo travieso relumbró en los ojos de él.

–Ese libro del que te hablé antes... es un libro muy largo –le dijo–. Y eso ha sido sólo el capítulo uno.

Eve parpadeó y él le hizo bajar el brazo antes de volver a dejar su vestido hasta la cintura y luego empujarlo por sus caderas para que cayera al suelo, y quedó arremolinado a sus pies como un charco de seda.

Aunque acababan de hacerlo, Eve se sentía nerviosa allí de pie frente a él, vestida tan sólo con unas medias con liga de encaje y unas sandalias de tacón. No había vuelto a practicar el sexo desde después de quedarse embarazada de Sam, y ya no tenía el cuerpo que antaño había tenido. Su vientre tenía pequeñas estrías plateadas, y no estaba tan firme como antes de haber dado a luz. Contuvo el aliento, preguntándose si Leo se daría cuenta.

–Pareces una diosa saliendo del mar –murmuró, y al instante a Eve se le llenó el estómago de mariposas.

–Y tú un pirata –le respondió, recordándose que aquello sólo era un juego.

–Qué curioso –murmuró él, esbozando una sonrisa antes de alzarla en volandas–. ¿Cómo lo has sabido?

–¿El qué? –inquirió ella mientras la llevaba al dormitorio.

–«La diosa del mar y el pirata» –Leo le guiñó un ojo y la depositó con suavidad sobre la cama de matrimonio–. Ése es el título del capítulo dos.

Resultó ser un capítulo largo y muy detallado. Hubo algunos pasajes en los que Eve creyó que iba a morir de expectación, como aquél en el que el pirada saboreó cada centímetro de la diosa, a excepción de la parte de su cuerpo que más ansiaba de sus atenciones. Pero también hubo otros pasajes en los que la acción fue tan trepidante que apenas podía respirar, como aquél en el que el pirata se concentró en esa parte de su cuerpo, dándose un auténtico festín que hizo que la diosa arqueara las caderas una y otra vez, gritando de un modo incoherente.

Y aún cuando yacía jadeante, recobrando el aliento tras ese increíble orgasmo, el capítulo no había terminado todavía, y él se unió a ella para saborear juntos las últimas páginas hasta que alcanzaron otro glorioso clímax.

Fuera las luces iluminaban la ciudad, y la luna llena, suspendida en el cielo, derramaba su luz plateada sobre el río Yarra.

La respiración de Evelyn volvió poco a poco a la normalidad mientras saboreaba la sensación de tener sobre su estómago en un gesto posesivo el brazo de Leo, que estaba tendido a su lado de costado, con los ojos cerrados, los labios ligeramente entreabiertos, y el cabello despeinado. Sin embargo, sabía que no estaba dormido, lo cual no dejaba de maravillarla después de toda la energía que había gastado. Quizá sí que fuera un pirata después de todo. ¡Y pensar que la había llamado «diosa»!, recordó sonrojándose. Sí, había sido una noche mágica, pero era tarde, y debía ponerle fin.

–Debería irme –murmuró con un suspiro, y recordando que en casa seguiría sin agua caliente, le preguntó–: ¿Te importa si me doy una ducha antes de marcharme?

Él abrió los ojos y parpadeó. El brazo que tenía sobre su estómago se movió para tomar uno de sus senos, y una sonrisa asomó a sus labios cuando el pezón de Evelyn se endureció cuando empezó a frotarlo con los dedos.

–Se me ocurre una idea mucho mejor.

Eve tragó saliva. «Imposible...», pensó, después de todo lo que habían hecho.

–¿Capítulo tres?

Él asintió, ocupado como estaba pellizcando su otro pezón, y luego puso también su boca al servicio de esa tarea, garantizando los resultados.

–«La diosa regresa al mar para encontrarse con que el pirata la aguarda en las profundidades, y le ha preparado una emboscada».

–Ése es un título muy largo.

–Es un capítulo muy largo –respondió él, bajándose de la cama antes de alzarla en volandas–. Por eso deberíamos empezarlo cuanto antes.

Una hora más tarde Eve estaba cubierta de burbujas hasta la barbilla con chorros masajeando todo su cuerpo. Desde el dormitorio le llegaba la voz de Leo hablando por teléfono para pedirle un taxi. Dentro de un momento tendría que salir de la bañera y ponerse bajo la ducha para quitarse la espuma, pero decidió quedarse allí sólo un ratito más. Estaba exhausta y soñolienta, pero mimada por todo el lujo que la rodeaba.

· Y por si no bastaba con el jacuzzi, Leo había hecho que les subieran champán y fresas. De hecho, había convertido aquel baño en otra experiencia increíblemente erótica. ¡Qué noche! Tres capítulos de su libro; todos distintos, y cada uno de ellos una fantasía deliciosamente pecaminosa. Si el capítulo uno había sido frenético, por el deseo que ambos estaban ansiosos por satisfacer, el capítulo dos había sido lento, una tortura exquisita, y el tercero le había mostrado al Leo más juguetón: masajes con aceites aromáticos, los chorros de agua del jacuzzi en su piel desnuda, y la diversión de descubrir qué había bajo la espuma.

Cerró los ojos, permitiéndose unos segundos más,

mientras trataba de imaginarse cómo sería si aquélla fuese su vida, alojándose en lujosos hoteles con vistas espectaculares de la ciudad, y con un amante tan atento como Leo, que la había hecho sentirse como la mujer más especial sobre la faz de la Tierra, sin preocupaciones por una casa que se caía a pedazos.

Pero también estaba Sam. Se sintió culpable por imaginarse siquiera en un mundo que no lo incluyera a él, que no podía incluirlo a él. Sam era su vida; aquello sólo era una fantasía que antes o después había de acabar.

Pero no iba a arrepentirse de nada, se dijo mientras se escurría el agua del cabello. Siempre atesoraría el recuerdo de aquella noche.

—Dentro de una media hora llegará el taxi —le dijo Leo regresando al baño con una toalla rodeándole las caderas.

Y aunque Eve sabía perfectamente lo que había debajo de ella, adónde conducía aquel rastro de vello que descendía tentador desde su ombligo, no podía apartar la mirada. O quizá precisamente por eso.

—¿Crees que te bastará con treinta minutos para esa ducha que querías darte y para vestirte?

Eve asintió.

—De sobra.

Él le ofreció su mano en vez de una toalla, como ella habría preferido, y Evelyn vaciló antes de decirse que, después de todo lo que habían hecho no tenía ningún sentido mostrarse recatada.

Se incorporó, llevándose la mitad de la espuma consigo, y tomó su mano para salir.

—¿Qué ocurre? —inquirió vergonzosa al ver cómo la estaba mirando, devorándola como la mirada.

Bajó la vista a su cuerpo, y vio que tenía espuma deslizándose por su cuerpo, y que algunos trozos se habían quedado colgando de sus senos. A través de un hueco asomaba un pezón sonrosado. Cuando alzó los ojos vio que los de él se habían oscurecido de deseo.

–Pues yo no estoy seguro de que sea bastante tiempo –murmuró sacudiendo la cabeza.

El estómago de Eve volvió a llenarse de mariposas.

–¿No lo dirás en serio?

Él esbozó una sonrisa traviesa mientras alargaba la mano para acariciar aquel pezón curioso con la yema de un dedo, lo que desató deliciosos temblores por todo su cuerpo. Luego, muy lentamente, comenzó a apartar con las manos la espuma que le quedaba pegada a la piel.

–Todavía hay tiempo.

–No, Leo... –comenzó ella, ignorando los ruegos de su cuerpo de que se quedara donde estaba. Se apartó de él, yendo directa a una de las duchas, y abrió el grifo antes de que él pudiera decir nada–. Son las tres de la madrugada; me voy a casa –le dijo con firmeza mientras el agua comenzaba a caer sobre ella.

Él se quitó la toalla y fue a la ducha que había al lado de la de ella.

–Puedo llamar para pedir que cancelen el taxi –abrió el grifo–. Tenemos toda la noche.

–No, tengo que irme –insistió ella, apartando la vista de él.

Cerró los ojos y alzó la cabeza hacia el chorro de agua de la alcachofa. Por lo general le gustaba ducharse con el agua un poco más caliente, pero había preferido dejarla sólo templada para que le aclarase la mente y bajase la temperatura de su cuerpo, aún acalorado por el deseo. ¿Qué clase de hombre podía hacer el amor varias veces seguidas y aún tener ganas de más? Ella desde luego estaba exhausta, y dentro de unas horas tendría que ocuparse de su bebé, que cuando se despertase, al contrario que ella estaría rebosante de energía y no la dejaría parar un minuto. Necesitaba llegar a casa cuanto antes si quería dormir un poco.

–Además, tú tienes que cerrar ese acuerdo entre Culshaw y Álvarez –le recordó a Leo.

–Bueno, ¿y si te llamo luego? Podría pasar a recogerte esta tarde.

El corazón de Eve palpitó con fuerza. Sin volverse, le dijo:

–Creía que pensabas irte a Londres en cuanto cerraras este negocio.

Leo se puso detrás de ella, rodeándole la cintura con las manos, y la besó en el hombro. Con él pegado a su espalda a Eve no le pasó desapercibida cierta parte de su cuerpo apretándose contra ella. Sin poder reprimirse, echó la cabeza hacia atrás, apoyándola en su hombro una última vez.

–No creo que sea una buena idea –le dijo antes de apartarse de él, cerrar el grifo de la ducha y agarrar una toalla para liarse en ella–. Los dos acordamos que esto sería sólo una noche. Y aunque ha estado bien, dada nuestra relación laboral, creo que es mejor atenernos a ese plan.

–¿Sólo bien? –inquirió él dolido, y Evelyn puso los ojos en blanco.

¿Cómo no? Había tenido que quedarse precisamente con el detalle menos importante de la conversación. Al poco rato él cerró también el grifo de su ducha y fue por una toalla que se lió en torno a las caderas sin molestarse en secar las gotas de agua que rodaban por su pecho.

Evelyn se apresuró a apartar la vista de nuevo, y tomó otra toalla con la excusa de secarse un poco el pelo para no tener que mirarlo.

–De acuerdo, sí, ha estado mejor que bien –admitió ella–. Ha sido increíble.

–¿Y entonces por qué no quiere que volvamos a vernos? No es como si te estuviera pidiendo que tuviéramos una relación ni nada de eso.

Ése era precisamente el problema, habría querido decirle, que lo suyo no tenía futuro. Para él sólo sería sexo, pero para ella, cuanto más tiempo pasaran juntos, más grande era el riesgo de que empezase a creer que podía haber algo más entre ambos, y no podía permitirse que eso pasara. No cuando tenía a Sam...

Una noche de placer era una cosa, pero no iba a tener un romance con Leo. Sam necesitaba estabilidad. Salió al dormitorio por su ropa con él detrás.

–No puedo acostarme contigo y ser tu secretaria al mismo tiempo.

–Bueno, pues sé entonces mi amante en vez de mi secretaria.

Ella lo miró de hito en hito antes de quitarse la toalla para ponerse las braguitas y el sujetador.

–¿Me tomas el pelo?

–Es verdad, tienes razón –respondió él muy serio–: ¿dónde podría encontrar a una secretaria como tú? ¿Por qué no puedes ser ambas cosas?

–Perfecto –masculló ella mientras se metía el vestido. Recogió sus medias del suelo y se sentó en la cama para ponérselas apresuradamente–. Creía que nunca me lo ibas a pedir –dijo con ironía–. Y supongo que cuando te canses de mí como amante me pedirás que me mande a mí misma uno de esos regalitos de despedida. Y además ni siquiera tendrías que decirme a qué dirección tendría que mandarlo porque ya la sé. ¿Verdad que soy el colmo de la eficiencia?

–Evelyn... –murmuró él, como anonadado.

Ella, que estaba buscando un peine en su bolso y no lo encontraba, alzó la vista irritada hacia él.

–¿Qué?

–Cualquiera diría que estás celosa.

–¿Celosa?, ¿yo? –dijo ella soltando una carcajada antes de pasar junto a él para entrar de nuevo en el baño. Tomó un peine del lavabo y se arregló un poco el pelo antes de recogérselo con una pinza. No iba a quedarse allí a secárselo y a maquillarse–. ¿Celosa de qué?

Él se apoyó en la pared y se cruzó de brazos.

–Acabas de hacer un comentario despectivo sobre esos detalles que les mando a mis... amigas.

–Tus examantes, querrás decir.

–¡Estás celosa!

–No, no lo estoy. Ya he tenido mi noche contigo; ¿por qué habría de estar celosa?

–Pues si no es eso, es que hay algo que te molesta. ¿Vas a decirme qué es?

Evelyn se volvió hacia él y se quedó mirándolo.

–¿De verdad quieres saberlo?

–Sí, quiero saberlo.

Evelyn, que estaba perdiendo la paciencia, inspiró.

–Muy bien, pues lo que me pasa es que no te comprendo.

Él se rió.

–No soy un hombre tan complicado. ¿Qué es lo que te cuesta comprender?

–Todo –le espetó ella–. Rebosas confianza en ti mismo, y eres un hombre que ha triunfado en la vida, y te sobra el dinero... ¡si hasta tienes tu propio avión, por amor de Dios! Y es evidente que no tienes dificultad para encontrar a mujeres que quieran compartir tu cama.

–¿Y qué tiene todo eso de malo? –inquirió él con una sonrisa fanfarrona.

–No se trata de eso. A lo que me refiero es a que teniendo todo lo que tienes, y con lo bien que te van las cosas, no comprendo que tuvieras que buscar a una persona que se hiciera pasar por tu prometida y que me vayas a pagar lo que te has comprometido a pagarme por haberlo hecho.

–¿Quieres decir que lo habrías hecho gratis? –dijo él con una sonrisa traviesa–. La próxima vez trataré de recordarlo.

–¡No! –exclamó ella furiosa, aunque sabía que sólo bromeaba–. Lo que no entiendo es cómo puede ser que tuvieras que buscar a alguien que se hiciera pasar por tu prometida. ¿Cómo puede ser que un hombre como tú no se haya casado, ni esté comprometido, ni tenga siquiera una relación estable?

La sonrisa se desvaneció de los labios de Leo, que se apartó de la pared en la que estaba apoyado, y avanzó hacia ella con un brillo amenazador en los ojos que la puso en estado de alerta.

–Quizá sea –dijo deteniéndose frente a ella y deslizando un dedo desde su frente hasta la punta de su nariz– precisamente porque nunca faltan mujeres dispuestas a compartir mi cama. ¿Cómo es ese dicho que me gusta tanto? –murmuró alzando la vista hacia el techo y llevándose una mano a los labios–. Ah, sí –bajó de nuevo la vista hacia ella con una sonrisa–: ¿por qué comprar un libro cuando puedes apuntarte a una biblioteca?

Eve se quedó mirándolo furibunda, detestando aquella expresión de satisfacción en su rostro.

–Ya. Pues el plazo de préstamo de este libro ya ha expirado. Buenas noches, Leo.

Se puso los zapatos, tomó su bolso y se dirigió a la puerta del dormitorio. Sin embargo, cuando estaba llegando a ella, Leo la llamó.

–Evelyn.

Ella se detuvo.

–¿Qué? –respondió sin volverse.

–Hay algo que le digo a todas las mujeres que pasan por mi vida, algo que creía que tú habías entendido, pero por tus preguntas me parece que tú también necesitas oírlo.

Eve giró la cabeza para mirarlo por encima del hombro, curiosa por saber qué era eso que pensaba que necesitaba oír.

–¿Y qué es?

–Pues que me gustan las mujeres, y me gusta el sexo, pero eso es todo, porque no quiero casarme y no quiero formar una familia.

Esa vez Evelyn se volvió y dio un paso hacia él, anonadada por su increíble arrogancia.

–¿Crees que pretendía averiguar cuáles eran las posibilidades que tenía de convertirme en la señora Zamos?

–Has sido tú la que te has puesto a hacer preguntas –respondió Leo, siguiéndola cuando salió al salón.

–Sí, y también te he dicho que no quiero volver a verte –le espetó ella deteniéndose y volviéndose hacia él–. ¿Desde cuándo se traduce eso en «por favor, cásate conmigo»?

–Sólo estaba diciendo que...

–Te equivocas de parte a parte –lo interrumpió ella–. No estoy buscando marido, y si lo estuviera, te aseguro que preferiría a alguien a quien no le gustasen tanto las mujeres y el sexo –bajó la vista al bolso en sus manos y sin mirarlo añadió–. Si no quieres que siga siendo tu secretaria lo comprenderé.

–No seas ridícula; por supuesto que quiero que sigas siendo mi secretaria.

Ella lo miró y asintió aliviada.

–De acuerdo. Espero que vaya todo bien mañana y se cierre el acuerdo. Bueno, supongo que ya hablaremos –le tendió la mano, metiéndose de nuevo en su papel de profesional, a pesar de que él sólo llevaba puesta una toalla–. Gracias por la velada.

Él enarcó una ceja ante tanta formalidad, pero le estrechó la mano.

–No hay de qué. El placer ha sido mío.

Minutos después Evelyn se alejaba de allí en el taxi que le había pedido. Mejor que hubiesen acabado las cosas así, se dijo. Mejor que lo hubieran discutido en vez de haber quedado en que se volverían a ver. Mejor haberlo cortado de raíz en vez de haber pospuesto simplemente lo inevitable, porque estaba segura que de no haberlo hecho, antes o después Leo se habría cansado de ella y se habría buscado a otra.

Capítulo 7

EVELYN forcejeó con la cerradura de la puerta mientras con el otro brazo sostenía a su bebé que, dormido sobre su hombro, a cada segundo que pasaba parecía que pesaba más. O eso, o el cansancio de los placeres de la noche anterior, a los que no estaba acostumbrada, le estaba pasando factura.

Apenas había entrado cuando empezó a sonar el teléfono. Se apresuró a contestar más por callarlo que por saber quién estaba llamando.

–Evelyn, soy Leo.

El sonido de su voz desencadenó escalofríos de placer en su interior, y reavivó los recuerdos de la noche anterior con todo detalle.

–¿Evelyn?

Cerró los ojos con fuerza, intentando apartar esos pensamientos de su mente: su cálido aliento cuando había susurrado palabras de seducción junto a su muslo, el roce áspero de su mejilla contra su piel, su hábil lengua...

–No... no esperaba que fueras a llamarme.

–Tampoco yo tenía pensamiento de llamarte, pero ha ocurrido algo. Culshaw me ha dicho que Maureen está bastante alicaída desde lo del escándalo, y ha pensado en llevarla unos días a una isla en North Queensland, para que se olvide un poco. Quiere que cerremos las negociaciones allí.

Evelyn recolocó como pudo al bebé dormido en sus brazos mientras sujetaba el teléfono entre el hombro y el cuello.

–¿Y qué necesitas de mí? ¿Que haga las reservas en un hotel de la isla, que cambie tu agenda para esos días, o...?

–No –Leo se quedó callado un momento–. Necesito que vengas.

Sam se movió inquieto en su hombro, y Evelyn lo besó en la frente para calmarlo.

–Leo, ya sabes que no es posible.

–¿Por qué?

–Dijiste que sólo era una noche, y ya te he dicho que lo de anoche no volverá a pasar.

–Pero eso fue antes de que a Culshaw se le ocurriera esto.

–Pues lo siento mucho, pero yo ya he cumplido con mi parte del trato.

–De acuerdo, pues hagamos un nuevo trato. ¿Cuánto quieres por acompañarme? –inquirió él, perdiendo la paciencia.

–Ya te dije ayer que el dinero no tiene nada que ver.

–Cincuenta mil.

–No. Ya te lo he dicho; son buena gente y no quiero mentirles más.

–Cien mil.

Evelyn alzó la vista hacia el techo, maldiciendo entre dientes al tiempo que intentaba no pensar en lo bien que le iría ese dinero.

–¡No!

–¿Significa eso que no vas a venir?

–No, no voy a ir.

–¿Y qué voy a decirle a Culshaw?

–Dile lo que te venga en gana: que no puedo ir por motivos familiares, que me he puesto enferma... Es problema tuyo.

Sam estaba empezando a mostrarse intranquilo, seguramente por su tono irritado, y se puso a mover la cabeza contra su hombro, de un lado a otro, gimoteando.

–¿Qué ha sido eso? –inquirió Leo.

–Yo, que estoy a punto de colgar. ¿Hemos acabado ya esta conversación?, porque no has escogido un buen momento para llamar.

«Dios, por favor, que acabe ya esta conversación», rogó para sus adentros, con los brazos doloridos por el peso de Sam.

–No. Necesito... necesito unos documentos.

–Bien –Eve suspiró, preguntándose qué documentos podía necesitar cuando estaba segura de que le había mandado todos lo que podrían hacerle falta... y por triplicado–. Dime cuáles son y te los enviaré por e-mail ahora mismo.

–No, los necesito en papel, y los originales. Y los necesito para esta tarde.

Eve apretó los dientes.

–De acuerdo, te los enviaré por mensajero.

–No. Por mensajero no. Necesito que me los traigas tú.

–¿Por qué?

–Porque son documentos confidenciales, y no estoy dispuesto a confiárselos a cualquiera; no cuando estoy tan cerca de cerrar este negocio. Necesito que seas tú quien me los traiga –cuando Eve se quedó callada, añadió–: En fin, tú misma dijiste que querías seguir trabajando para mí.

¡Bastardo! Encima con amenazas veladas... No estaba dispuesta a volver a hacerse pasar por su prometida, por mucho dinero que le ofreciese, pero no podía permitirse perderlo como cliente.

–Pues claro, te los llevaré en persona.

–Bien. Te estaré esperando en mi suite.

–No.

–¿Cómo?

–No pienso subir a tu suite. No volveré allí después de...

–¿Acaso crees que voy a intentar algo?

Lo dudaba, después de cómo se habían despedido la noche anterior; era de ella misma de quien no se fiaba. Sería difícil resistirse a la tentación después de todas las cosas que habían hecho allí. ¿Cómo podría mirar la pared y no recordar cuando la había tenido con la espalda contra ella y a él entre sus piernas? ¿Cómo podría mantener la compostura y mostrarse calmada, como si nada hubiera pasado? ¿Cómo podría no querer que pasara otra vez?

Tragó saliva.

–Me parece que no sería buena idea.

Oyó a Leo resoplar, pero luego respondió:

–Está bien, lo haremos a tu manera; quedaremos en la cafetería y te invitaré a un café. De todos modos Culshaw iba a llevar a Maureen hoy a visitar a unos amigos, así que no creo que nos los encontremos.

–De acuerdo –dijo Evelyn aliviada de que se fueran a ver en un lugar público. Sam también pareció relajarse al notarla más calmada.

Leo colgó el teléfono maldiciendo entre dientes. Así que no estaba dispuesta subir a su habitación... Bueno, al menos había accedido a ir allí. Por supuesto que podría haber dejado que le enviara por e-mail esos documentos, pero entonces no habría tenido forma de convencerla para que lo acompañara a la isla. Y podía convencerla; estaba seguro. ¡Si la noche anterior prácticamente se había derretido en sus brazos con un beso! La convencería de alguna manera para que subieran a la suite, y cuando volviera a tenerla en su cama, vencería sus defensas y lograría que accediera a acompañarlo.

Estaba impaciente por que llegara ese momento. Encontrar mujeres con las que pasar un buen rato era fácil; pero con Evelyn el sexo había sido espectacular, y eso no lo encontraba uno todos los días.

En ese momento sonó su móvil, y por un instante se temió que fuera Evelyn para decirle que había cambiado de idea, pero cuando miró la pantalla vio que no era ella quien llamaba, sino Culshaw.

–Eric –respondió aliviado–, ¿qué puedo hacer por ti?

Sin embargo, su alivio se esfumó cuando Culshaw le explicó que Maureen estaba pensando en reservar un día en el spa de la isla y quería saber si Evelyn estaría interesada. Leo no quería decirle que no, pero tampoco podía arriesgarse a decirle que sí, porque a pesar de que creía que podría convencerla, tampoco estaba seguro al cien por cien de que lo conseguiría.

–Verás, Eric... respecto a Evelyn... quizá deberías avisarle a Maureen que es posible que no pueda venir después de todo...

–Ojalá pudiera ayudarte, cariño –le dijo la señora Willis cuando Evelyn fue a preguntarle si podría quedarse con Sam una hora o dos–. Pero es que mi hermano Jack acaba de sufrir otra de sus crisis y le he prometido a Nancy que iría a echarle una mano con él. El pobre siempre se siente muy confundido cuando le pasa. Iba a pasarme por tu casa para decírtelo porque puede que esté fuera varios días –dejó de doblar un momento las prendas que estaba metiendo en la maleta y la miró con el ceño fruncido de preocupación–. Me sabe fatal dejarte, sin agua caliente y encima sin ningún familiar que pueda ayudarte.

–No se preocupe, señora Willis, bastante hace ya por Sam y por mí –respondió Evelyn–. Me las arreglaré. Llamaré a Emily, la chica que vive al final de la calle y que ha cuidado de Sam otras veces.

Sin embargo, cuando la llamó, se encontró con que Emily tampoco podía hacerse cargo·del pequeño porque había encontrado un trabajo a media jornada en el supermercado del barrio y tenía turno esa tarde.

Y eso sólo le dejaba una opción... Claro que tampoco tenía por qué ser una mala opción, se dijo, preguntándose cómo no se le había ocurrido antes. Bueno, naturalmente no había querido hablarle a Leo de su hijo en parte porque no era de su incumbencia, y en parte porque había temido que pensara que con esa carga no sería capaz de hacer bien su trabajo. Sin embargo, estaba segura de que volvería a intentar convencerla para que lo acompañara a la isla, y el no tener con quien dejar a Sam era la excusa perfecta para no ir. Además, si llevaba a Sam también serviría de elemento disuasorio para que Leo no intentara llevarla a su cama... ni a aquella enorme bañera donde también lo habían hecho.

Se estremeció, incapaz de reprimir una sonrisa traviesa cuando la asaltó el delicioso recuerdo de la boca de Leo buscando sus pechos cuando la levantó, de cómo había jugueteado con sus pezones mientras sus dedos exploraban la parte más íntima de su cuerpo, y cómo luego su largo y duro miembro la había llenado centímetro a centímetro, de un modo glorioso, cuando la hizo descender sobre él.

No, no era una buena idea volver a estar a solas con él, y por eso, para que no se repitiera lo de la noche anterior, lo mejor sería que se llevase a su hijo consigo. Leo no quería compromisos; se lo había dejado bien claro, y con sólo ver a Sam ya no querría nada con ella. Lo cual sería perfecto.

Cuarenta minutos después llegaba al hotel en su coche y el portero la ayudaba a descargar el carrito de Sam mientras ella sacaba al pequeño, que se había dormido de camino allí. Sam abrió los ojos, pero al poco rato volvió a cerrarlos, y ella rogó para que siguiera durmiendo hasta que se fueran de allí. De todos modos tampoco pensaba estar allí más de diez minutos, el tiempo justo para darle a Leo los documentos. Y probablemente estaría aún menos tiempo, pensó con una sonrisa, porque cuando Leo viese al pequeño no querría quedarse allí más de dos minutos. Estaba deseando ver su cara.

Cuando entró en la cafetería del hotel sólo unas pocas mesas estaban ocupadas, tomó asiento en un reservado que ofrecía un poco más de privacidad, y se puso a empujar suavemente el carrito en un intento de adormecer a su bebé, que estaba despertándose de nuevo. El pequeño, sin embargo, se despertó del todo al ver el entorno desconocido en el que estaba, y comenzó a mirar a su alrededor con algo de recelo.

—No pasa nada, Sam —dijo ella sacando un libro con dibujos y una bolsa de pasas sultanas—. Hemos venido de visita, eso es todo. Y luego te voy a llevar de paseo. Te encantará, ya lo verás; hay un río cerca de aquí. A lo mejor hasta vemos peces.

—¡*Peses*! —exclamó Sam entusiasmado. No había nada que le gustara tanto como los peces—. ¡*Peses*! —repitió, tomando el libro con una mano, y una pasa que le ofreció su madre.

Tenía el plan perfecto; no podía fallar. Se sentaría con ella, tomaría los documentos que le había pedido, y la invitaría a ese café sin mencionar el viaje ni intentar hacerla cambiar de opinión. Luego se ofrecería a acompañarla al coche, pero cuando llegaran a los ascensores le diría que se acababa de acordar de algo que quería darle pero que se había dejado en la suite, y que sólo les llevaría un momento subir a recogerlo.

Cuando entró en la cafetería avanzó por entre las mesas buscándola con la mirada. Probablemente Evelyn estaría nerviosa, y estaba seguro de que no habría olvidado aún la noche anterior. A pesar de que había acabado de un modo un tanto agrio, él se había pasado media noche recordando lo increíble que había sido el sexo con ella.

De hecho, cuando Culshaw le había dicho lo de ir a esa isla el fin de semana a cerrar las negociaciones, aquel nuevo retraso lo había irritado, pero luego había pensado que la idea de otro par de noches ardientes como la pasada era bastante tentadora. Muy tentadora. Si tan sólo lograra convencer a Evelyn para que lo acompañase...

Fue entonces cuando la vio, sentada en un reservado de espaldas a él. Tenía el cabello recogido de un modo informal, dejando al descubierto su grácil cuello, y la visión de la piel desnuda de su nuca hizo que una ola de deseo lo invadiera, y que los recuerdos de la noche anterior volvieran a asaltarlo.

Evelyn giró la cabeza hacia el lado y la vio mover los labios, como si estuviera hablando con alguien, sólo que allí no había nadie. Únicamente se veía una forma oscura de algo que parecía... No, imposible. A medida que avanzaba se preguntó si no se estaría equivocando de mujer, porque aquello no tenía ningún sentido.

Justo cuando su cerebro aceptó finalmente que lo que sus ojos estaban viendo no era un espejismo, Evelyn giró la cabeza hacia él.

–Hola, Leo –lo saludó, cerrando el libro infantil que tenía en las manos–. Te he traído esos documentos que me pediste.

¿Los documentos? ¡Había traído bastante más que esos documentos! En aquella forma oscura que había resultado ser un carrito de bebé, había sentado un crío que estaba mirándolo con los ojos muy abiertos, como si fuese una especie de monstruo.

–¿Qué diablos significa esto?

–Leo, te presento a mi hijo, Sam –respondió Evelyn volviéndose hacia el carrito–. Sam, éste es el señor Zamos. Si te portas bien a lo mejor te deja que lo llames Leo.

–¡No! –dijo el niño, revolviéndose en su carrito. Se

tapó la cara con su osito de peluche y empezó a gimotear.

–Perdona, es que acaba de despertarse –lo disculpó Evelyn. Alargó el brazo para frotarle la espalda hasta que el pequeño empezó a calmarse–. Supongo que será mejor que no nos tomemos ese café y me lo lleve a dar un paseo antes de que empiece a protestar otra vez –tomó una carpetilla que había sobre la mesa y se la tendió a Leo–. Aquí están todos los documentos que me pediste. Si necesitas alguna otra cosa no tienes más que llamarme. Le prometí a Sam que le iba a dar un paseo por la orilla del río ya que veníamos aquí, pero dentro de un par de horas estaremos en casa.

Leo era incapaz de articular palabra. Hasta le costó levantar la mano para tomar la carpeta. Lo único en lo que podía pensar en esos momentos era que Evelyn tenía un niño y no se lo había dicho. ¿Qué más no le había contado?

–Creía que me habías dicho que no había ningún señor Carmichael.

–Y no lo hay.

–¿Y entonces de quién es el niño?

–Se llama Sam.

–¿Y su padre cómo se llama?

–Eso no es asunto tuyo.

–¿Es eso lo que le dijiste cuando te preguntó dónde habías estado toda la noche?

Ella sacudió la cabeza, y Leo vio tristeza en sus ojos.

–El padre de Sam no entra en esta ecuación.

Leo miró al pequeño, y se fijó en su pelo oscuro y sus ojos castaños, y se preguntó si Evelyn no estaría tomándole el pelo, si no sería el hijo de alguna amiga suya y si no estaría utilizándolo como una especie de escudo. Sin embargo, al mirar al niño con más detenimiento sí vio un parecido entre ambos, sobre todo en la forma de los ojos y de la boca.

La recordó entre sus brazos la noche anterior, sus piernas entrelazadas con las de él, recordó la expresión de placer en sus ojos al alcanzar el orgasmo, y el solo pensar que otro hombre aparte de él había experimentado eso mismo lo volvió loco de celos.

–Debías habérmelo dicho.

–¿Por qué?

–¡Maldita sea, Evelyn!, ¡sabes muy bien por qué!

–¿Porque pasamos la noche juntos? –le espetó ella con desdén.

Sam emitió una especie de aullido de protesta al oír el tono agrio de ambos y empezó a lloriquear ruidosamente. Evelyn sorprendió a Leo cuando se inclinó hacia el carrito y, en vez de darle un cachete como casi había esperado que hiciera para que se callara, le acarició la mejilla y le susurró algo para que se calmara.

Algo se retorció en las entrañas de Leo, un recuerdo doloroso y desagradable de algo que creía enterrado hacía mucho tiempo. ¿Qué le estaba pasando? ¿Por qué tenía Evelyn aquel efecto en él? Le hacía sentir demasiado, ver demasiado. Le hacía recordar cosas que no quería recordar.

–Lamento que te sientas agraviado –le dijo Evelyn, poniéndose de pie para sacar a su hijo del carrito y tomarlo en brazos. El pequeño, que aún lloriqueaba un poco, apoyó la cabeza en su hombro mientras ella seguía acariciándole la espalda–, pero no recuerdo en qué parte de nuestro contrato se estipulaba si podía tener hijos o cuántos podía tener.

–¿Hijos? ¿Quieres decir que tienes más?

Evelyn resopló, mirándolo furibunda, y le susurró de nuevo palabras tranquilizadoras a su bebé mientras seguía acariciándole la espalda.

–Es irónico, ¿no? –le espetó–. Aquí estás, desesperado por demostrarle a Eric Culshaw que eres un hombre de valores sólidos que cree en la familia, y le tienes miedo a un niño pequeño.

–Yo no le tengo...

–Pero no tienes por qué preocuparte –le cortó Evelyn–. Sam es lo bastante mayor como para que nadie se piense que pudiéramos haberlo concebido anoche, así que no tienes que tener miedo de que te vaya a poner una demanda por paternidad.

–¡Supongo que no te atreverías!

–Por supuesto que no, ¿por quién me tomas? Ninguna mujer en su sano juicio querría atarse a ti durante el resto de su vida.

–Ya, pues por lo que parece el padre de Sam debía pensar lo mismo de ti.

Leo advirtió el dolor en su mirada en cuanto aquellas palabras cruzaron sus labios, y supo que le había hecho daño. Casi se arrepintió de haberlas pronunciado; casi quiso alargar la mano y acariciarle la mejilla como ella había hecho con su hijo, aliviar ese dolor. Pero no se atrevió. Además, no podía sentir nada por nadie, no quería arriesgarse a sentir ningún tipo de apego.

Sin embargo, tan deprisa como se había resquebrajado la coraza de Evelyn con sus palabras, se recompuso y sus ojos llameaban cuando le dijo:

–Tengo un hijo, y hasta la fecha eso no ha afectado a la calidad de mi trabajo, pero si tienes algún problema quizá deberíamos poner fin al contrato que firmamos para que puedas buscarte a otra secretaria.

Leo notó un sabor amargo a bilis en la garganta. Evelyn tenía razón. No tenía sentido que se dejara cautivar por sus ojos, o por el sensual contoneo de sus caderas. No tenía sentido revivir la noche pasada. Evelyn ya no podía ayudarlo con Culshaw, y para él ésa era la prioridad en esos momentos. Respecto al futuro, sí, tal vez debería buscar a otra secretaria; una mujer mucho mayor que él por la que no pudiera sentirse atraído.

–Si es lo que quieres –dijo malhumorado.

Evelyn se quedó allí de pie, con el niño en sus brazos y expresión fiera; le recordaba a una leona protegiendo a sus cría, y se preguntó si era así como se suponía que debían ser todas las madres.

–En ese caso grabaré todos tus archivos en un CD antes de borrarlos de mi ordenador y te los enviaré aquí al hotel.

El apretó los puños, clavándose las uñas en las palmas de las manos.

–Bien.

–Adiós, Leo –dijo ella tendiéndole la mano–. Espero que encuentres lo que buscas.

Leo bajó la vista a su mano, y sintió una punzada en el pecho al pensar que ésa sería la última vez que la tocaría. ¿En qué momento se había ido todo al traste?, se preguntó. Hasta entonces aquel plan había parecido tan perfecto...

Tomó su mano en la de él, notándola fría al tacto, y sintió a Evelyn estremecerse. A pesar de que representaba todo lo que no quería en su vida, aquello de lo que huía, no pudo evitar pensar que iba a echarla de menos.

Tal vez fuera así como habían empezado a estropearse las cosas, se dijo, por culpa de ese extraño deseo, ese sentimiento posesivo que Evelyn despertaba en él. «Quizá sea mejor dejarla ir ahora que aún puedo hacerlo».

Sin embargo, incapaz de dejarla ir todavía, a pesar de todo, tomó la mano de Evelyn entre las suyas y se la llevó a los labios para besarla, seguro de que jamás olvidaría aquella noche de pasión en Melbourne.

–¡Leo!, ¡Evelyn! –los llamó una voz de repente, desde la otra punta de la cafetería–. ¡Estabais aquí!

Capítulo 8

EVE emitió un gemido ahogado y tiró para soltar su mano porque su instinto le decía que debía irse de allí mientras aún estaba a tiempo, pero Leo no parecía dispuesto a dejarla ir, porque apretó su mano con su puño de acero, haciéndole imposible la huida.

–Esto es culpa tuya; no lo olvides –le dijo al oído mientras Eric Culshaw se dirigía hacia ellos con una sonrisa de oreja a oreja.

Leo se irguió y sonrió también, pero Evelyn podía ver la preocupación en su mirada.

–Eric –lo saludó, con ese encanto personal, teñido por una nota de tensión que sólo ella podía advertir–. Qué sorpresa. Creía que habías salido con Maureen.

Eric frunció el ceño.

–Estaba leyendo una revista que había comprado, y en ella había uno de esos malditos artículos, ya sabes sobre qué, y le ha entrado dolor de cabeza –respondió sacudiendo la cabeza –. Ese condenado y sórdido asunto... Esperaba que los reporteros se hubieran cansado ya y que hubiesen encontrado otra historia que les sirviese de carnaza, pero parece que no –añadió, resoplando con una sonrisa amarga–. No sabéis cómo me alegra, cuando os veo a los dos, pensar que aún hay gente con valores sólidos como vosotros –sus ojos se posaron en Sam, que se había dormido en los brazos de Evelyn–. Aunque quizá debería decir tres en vez de dos. ¿Quién es este pequeñín?

Como si se hubiera percatado de que estaban hablando de él, Sam se despertó y giró la cabeza, mirando a aquel nuevo extraño con sus grandes ojos castaños muy abiertos y sin dejar de parpadear.

–Éste es Sam –se lo presentó Eve, pensando que podía decir la verdad sin tener que recurrir a más mentiras–. Acaba de cumplir dieciocho meses.

Culshaw sonrió al niño y Sam le sonrió también, aunque algo vacilante, antes de hundir de nuevo la carita en el hombro de su madre, lo que hizo que el hombre se riera y alargara una mano para revolverle el cabello.

–Qué niño más guapo. Ya me parecía a mí anoche que había algo que no nos estabais contando. ¿Cuándo pensabais decírnoslo?

Eve sintió que el suelo se tambaleaba bajo sus pies. ¿Eric pensaba que Sam era hijo de los dos? Claro que teniendo en cuenta que Leo también era moreno y de ojos castaños y que les habían dicho que estaban juntos, tenía motivos para pensarlo.

Pero aquello no podía quedarse así; no quería que hubieran más mentiras.

–En realidad... –comenzó–. La verdad es que Sam...

Leo la cortó con una mirada de advertencia.

–Eve es algo reservada, eso es todo –le dijo con una sonrisa a Eric.

De pronto apareció también Maureen, un poco pálida y con aspecto cansado, pero su humor mejoró cuando vio a Sam y se puso a hacerle carantoñas como si fuera su nieto en vez del hijo de alguien a quien acababa de conocer.

–No nos habíais dicho que teníais un bebé tan adorable –reprendió a Leo y a Evelyn, tendiéndole los brazos a ésta para que le dejara al pequeño.

–Es que siempre hay gente que desaprueba que... en fin, ya sabéis –respondió Eve pasándole a Sam–, como no estamos casados y todo eso...

–¡Qué tontería! –replicó Eric dándole un pellizco a Sam en el moflete–. Hoy en día no hay ninguna necesidad de andarse con prisas en ese sentido.

Leo sonrió, y un destello triunfante brilló en sus ojos mientras Maureen se sentaba y se ponía a hacer el caballito con Sam en sus rodillas, haciéndole reír.

–Bueno, supongo que esto explica las razones familiares por las que Leo me dijo que tal vez no pudieras venir con nosotros a la isla –le dijo Eric a Eve.

Ésta tomó asiento, sintiendo que estaba cada vez más y más atrapada en aquella red de mentiras. Leo debía haberles advertido de que era posible que no fuera, usando una de las excusas que ella le había sugerido por teléfono.

–En realidad fui yo quien le dije a Evelyn que quizá no fuera buena idea –intervino Leo–; pensé que no te parecería serio que nos llevásemos a Sam cuando se supone que vamos a hablar de negocios.

–Es verdad, a veces Sam puede ser un verdadero trasto –añadió ella–. Sobre todo cuando lo sacas de su rutina del día a día.

–¿Un trasto este angelito? –dijo Maureen, que aún tenía al pequeño en su regazo–; no me lo puedo creer. Si es un encanto...

–Por supuesto que no nos va a molestar –intervino de nuevo Eric–. Tenéis que venir. Además, no me parece justo separaros cuando nos habéis dicho que apenas podéis veros unas cuantas veces al año. Os encantará, os lo prometo, es un verdadero paraíso tropical: vuestro propio bungalow en la playa. Pediremos que preparen una cuna para Sam y que busquen una niñera para que se ocupe de él y tú, Evelyn, puedas tomarte un descanso de verdad –dijo mirándola a ella–. Estoy seguro de que no te queda mucho tiempo para ti, trabajando para Leo y teniendo que cuidar de este hombrecito. ¿Qué me dices?

Eve trató de sonreír, aunque no estaba segura de que su sonrisa resultara muy convincente.

–Bueno, la verdad es que suena maravilloso –admitió.

¿Cómo no iba a sonar maravilloso? Un par de días en una isla tropical paradisíaca sin nada más que hacer que nadar, leer, o tomar una de esa bebidas con sombrillita de papel en una tumbona. Seguro que el bungalow incluso tenía agua caliente a diferencia de su casa. Sólo había un problema: que tendría que compartir el bungalow con Leo.

–Es sólo que... –añadió, sin saber qué excusa poner para negarse.

–Oh, por favor... –le insistió Maureen, poniendo su mano en el brazo de Evelyn–. Anoche lo pasamos tan bien. Hacía tanto tiempo que no pasaba una velada tan agradable y tan divertida. Sé que no está bien por mi parte pediros que cambiéis vuestra agenda, pero significaría tanto para mí...

–Pues claro que iremos –concluyó Leo–, ¿verdad que sí, Eve?

Si a Eve le había parecido que el suelo se tambaleaba, en ese momento tuvo la sensación de que el suelo se había abierto y estaba cayendo por un precipicio sin fin.

Una sonriente azafata les dio la bienvenida a Leo y a ella cuando subieron a bordo de su jet privado. Eve, que llevaba a Sam en brazos, se limitó a asentir con la cabeza, cansada como estaba y resentida hacia Leo. A pesar de que le había dicho a Eric Culshaw que la idea de aquel viaje le parecía maravillosa, la verdad era que para ella aquél no iba a ser un viaje de placer, y que no se sentía nada feliz por cómo la había manipulado Leo para que accediera a ir.

Además, al subir al avión halló todavía más motivos para albergar resentimiento hacia el hombre que iba detrás de ella. Aquello era un derroche de lujo, una exhibición de cuánto dinero tenía. No había filas y filas de estrechos asientos con bandejas de plástico y compartimentos en la parte superior, sino unos pocos sillones de cuero muy amplios, y paredes recubiertas con paneles de madera y embellecedores de bronce. Un poco más adelante había una puerta que parecía que conducía a otras «salas», y a Eve le pareció entrever una mesa con media docena de sillas alrededor, ¿un comedor?

Tanta riqueza, tantas comodidades... Parecía que Leo Zamos lo tenía todo. «Todo excepto un corazón».

Quizá fuera así como uno consiguiera hacerse millonario, pensó mientras otra azafata la conducía a su asiento. Junto a él había otro en el que habían colocado una sillita de viaje para Sam. La azafata los ayudó a acomodarse mientras conversaba amigablemente con ella, pero Eve, furiosa como estaba, apenas la escuchó.

Sam, en cambio, estaba encantado disfrutando de aquella aventura y de toda la atención que estaba recibiendo. Cuando la azafata los dejó, el pequeño la miró subiendo y bajando los brazos y dio un gritito excitado.

–Parece que hay alguien que se alegra de haber venido –dijo Leo que había ocupado un asiento al otro lado del pasillo.

–Se llama Sam –masculló ella irritada.

Suerte que los Álvarez y los Culshaw viajaban en otro avión privado y que Leo y ella tendrían su propio bungalow. Al menos así no tendría que fingir las veinticuatro horas del día que estaba locamente enamorada de Leo. No había podido soportar esa presión.

Una de las azafatas regresó en ese momento para ofrecerles una bebida y les informó de que despegarían dentro de un par de minutos.

Eve vertió el contenido de un cartón pequeño de zumo en la taza de asas de Sam y se la dio al pequeño junto con un cuento para que se entretuviera unos minutos. ¿Cómo esperaba Leo que siguiera con aquella pantomima como si tal cosa? La noche anterior había sido relativamente fácil por el deseo y la tensión sexual que chisporroteaba entre ellos, pero en ese momento lo que sentía era rabia.

Al otro lado del pasillo el causante de sus quebraderos de cabeza la miró largamente antes de tomar un trago de su vaso de whisky.

–Pareces enfadada –observó.

–¿Cómo te has dado cuenta?

–Si no querías venir podías haber dicho que no.

–Ya lo había hecho, ¿recuerdas? Pero luego tú le diste la vuelta a mi respuesta y dijiste que ¡oh, por supuesto que vendríamos!

Leo se encogió de hombros como si no fuera con él.

–¿Qué le vamos a hacer?, le has caído en gracia a Maureen. Para ella significaba mucho que vinieras.

–A ti Maureen te da igual –le espetó ella sin alzar la voz para que Sam no se inquietara–. No te importa nadie. Sólo te preocupas de ti y de lo que tú quieres, y a la vista está que harás cualquier cosa con tal de cerrar este trato, aunque para ello tengas que mentir.

–No tienes ni idea de lo que estás hablando.

–Lo que sé es que hiciste lo correcto cuando decidiste que no te casarías nunca. Ahora entiendo cuáles son tus prioridades. Puede que tengas una fortuna y un avión privado, y que seas relativamente bueno en la cama, pero en el pecho, donde debería estar tu corazón, tienes una piedra.

Un brillo gélido destelló en los ojos de Leo, que apretó la mandíbula, una mandíbula que bien podría haber sido tallada a partir de la misma dura piedra que su corazón.

–Gracias por la observación. Yo también tengo una

para ti: se te ve bastante tensa, Evelyn, y creo que un par de días de relax en una isla tropical te irán bien.

¡Bastardo! Eve apartó la vista de él y se giró hacia Sam en el instante en el que regresaba la azafata para recoger sus vasos y asegurarse de que estaba todo listo para el despegue.

Los motores del avión se pusieron en marcha y el avión comenzó a avanzar por la pista. Sam alzó la vista hacia ella, excitado, pero también un poquito asustado por aquellos nuevos ruidos y sensaciones. Evelyn le acarició el cabello.

–Estamos montados en un avión, Sam; nos vamos de vacaciones –le dijo.

Y el pequeño dio un gritito de entusiasmo mientras el avión levantaba el vuelo.

«Bueno, al menos uno de los dos va a disfrutar de estas vacaciones», pensó Evelyn, abriendo un libro que se había llevado consigo para el viaje.

Debía haberse quedado dormida. Eve parpadeó desorientada y vio que alguien, probablemente una de las azafatas al verlo caído en el suelo, había guardado el libro en el bolsillo lateral del asiento. Lo que la había despertado era el lloriqueo de Sam, suave pero insistente.

–¿Qué le pasa? –Leo dejó a un lado su ordenador portátil mientras ella se volvía para desabrochar el cinturón de la sillita de Sam.

–Es la hora de su siesta. Tal vez consiga que se duerma en mi regazo –le explicó Eve. Se puso a buscar algún botón o palanca que regulase la posición del asiento, pero con Sam en brazos era un poco difícil–. ¿No se pueden reclinar estos asientos?

–Sí, pero tengo una idea mejor. Aún faltan un par de horas para que lleguemos; estaríais más cómodos en el dormitorio. Vamos, te enseñaré dónde está –respondió Leo levantándose.

La idea de poder echarse en una cama de verdad con su pequeño se le antojó tan maravillosa que no vaciló.

–¿Puedes sujetar un momento a Sam? Aún tengo abrochado el cinturón de seguridad.

Leo se quedó paralizado delante de ella, mirando al pequeño sin parpadear. A menos que estuviera equivocada, Eve habría dicho que había miedo en sus ojos.

–¿Sujetarlo? –repitió.

–Sí –contestó ella, levantando a Sam hacia él–. Sólo será un segundo. Necesito desabrochar el cinturón.

–Yo...

–Deje, ya la ayudo yo –intervino una de las azafatas acercándose a Eve–. La verdad es que estaba deseando sostener un rato a este niño tan guapo.

Tomó a Sam de los brazos de su madre, y se lo colocó sobre la cadera para hacerle el caballito y que dejara de llorar. El pequeño se quedó callado y la miró boquiabierto con sus grandes ojos castaños.

–Sí, eres un niño guapísimo, ¿a que sí? –le dijo la azafata haciéndole carantoñas–. De mayor vas a ser un rompecorazones, te lo digo yo –miró a Eve–. Si quiere puedo llevarlo yo; estoy más acostumbrada al movimiento del avión.

Eve le dio las gracias con una sonrisa, y cuando tomó el osito de Sam del asiento Leo por fin pareció recordar que no era una estatua y encabezó la marcha hacia el dormitorio.

–Bueno, pues ya está –dijo la azafata después de haber apartado la colcha y la sábana de la cama y tendido al soñoliento bebé–. Presione ese botón si necesita algo –le indicó a Evelyn, señalándole un panel que había en la pared sobre la mesilla.

Cuando los hubo dejado, Evelyn le dijo a Leo:

–Ha sido muy atento por tu parte pensar en esto, gracias —se sentó en la cama, junto a su hijo, y le puso el osito bajo el brazo. Y luego, porque se sentía mal por las cosas que le había dicho antes, sin apartar los ojos de Sam, añadió—: Discúlpame por lo que te dije hace un rato; no tenía ningún derecho.

—Olvídalo; yo ya lo he olvidado —respondió él con voz ronca—. De hecho, es probable que tengas razón. Por cierto, ahí tienes un cuarto de baño, por si lo necesitas —dijo señalando detrás de ella.

Evelyn miró por encima de su hombro y vio una puerta tan disimulada entre los paneles de madera que la flanqueaban que le había pasado desapercibida al entrar.

—Vaya. Una persona podría vivir en un avión de éstos, ¿eh? No le falta un detalle.

—Bueno, yo vivo en éste.

Ella frunció el ceño.

—¿Cuando estás viajando quieres decir?

—Tú sabes cómo es mi agenda, Evelyn. Siempre estoy viajando. Vivo entre este avión y el hotel donde me aloje en la ciudad a la que voy.

—¿Y dónde tienes tu hogar?

Él extendió los brazos.

—Éste es mi hogar; dondequiera que yo esté, allí está mi hogar.

—Pero no puedes vivir en un avión; todo el mundo tiene un hogar. Supongo que tendrás familia en algún sitio —Evelyn frunció el ceño. Por su aspecto diría que tenía raíces mediterráneas, pero su voz no tenía un acento distintivo que pudiera sugerir su procedencia—. ¿De dónde eres?

Una sombra cruzó por los ojos de Leo, y optó por ignorar su pregunta para echar un vistazo a su reloj.

—Estás cansada; creo que será mejor que me marche y os deje dormir un poco.

Se dio la vuelta para marcharse, pero se detuvo y se

giró de nuevo hacia ella antes de meterse la mano en el bolsillo.

–Se me olvidaba; será mejor que vuelvas a ponerte esto –dejó algo en la mesilla de noche, y Evelyn vio que era la cajita del anillo que había llevado en la cena.

–¿Te han extendido el préstamo?

Él esbozó una media sonrisa.

–No exactamente. Cuando esto acabe puedes quedártelo.

–¿Lo has comprado?

–Me pareció que te quedaba muy bien y que sería una pena devolverlo. Además, hace juego con tus ojos.

Ella miró el anillo con recelo.

–¿Qué se supone que es? –inquirió alzando la vista hacia Leo–. ¿Una especie de soborno para que me porte bien estos dos días?

–¿Necesitas que te soborne?

–No. He venido, ¿no? Y no voy a montar una escena y a revelar que soy un fraude. Pero tampoco estoy haciéndolo por ti, ni por dinero. Es sólo que no quiero defraudar a Maureen. Ya la ha decepcionado demasiada gente últimamente como para añadir más dolor a su dolor.

–Como quieras. Pero si cambias de opinión puedes quedarte el anillo; considéralo mi regalo de despedida. Como tú misma dijiste ni siquiera tendrás que enviártelo –dijo Leo en un tono vacío y desolado.

Y se marchó, dejando tras de sí el amargo resquemor de esas palabras. Eve se quitó los zapatos y se metió en la cama. Besó la cabecita de su hijo e inspiró su olor a bebé en un intento por apartar de su mente el de la colonia de Leo.

Estaba tan cansada, tan confundida... Dormir, se dijo, lo que necesitaba era dormir después de una noche de excesos y la tensión de todo el día. Sin embargo, no podía dejar de pensar en lo que había dicho Leo. Lo había acusado de tener un corazón de piedra, y cuando se

había disculpado él le había dicho que probablemente
tuviera razón. Se estremeció sólo de recordar lo desolado y perdido que lo había visto al pronunciar esas palabras. Un hombre con un corazón de piedra, un hombre
sin hogar. Un hombre que lo tenía todo, pero que en realidad no tenía nada.

De pronto una imagen acudió a su mente, la de un
cuadro que había visto la noche anterior en el comedor
de la suite de Leo mientras cenaban. Era una fotografía
en blanco y negro de los años cincuenta, en la que se
veía un parque junto a la ribera de un río, con árboles y
un banco de madera entre ellos. En ese banco había sentado un hombre, solo, inclinado hacia delante, mirando
el río. Un hombre solitario, un hombre sin familia y sin
un lugar al que llamar «hogar». Un hombre sin nada. Dentro de veinte o treinta años ese hombre podría ser Leo.

Aquello no era más que un pequeño retraso en sus
planes, se dijo Leo. Un fin de semana, tres noche a lo
sumo, y el acuerdo quedaría cerrado de una vez por todas. Sin embargo, mientras guardaba el ordenador portátil en su maletín, un suspiro escapó de sus labios.
¿Qué tenía Evelyn que lo sacaba tanto de quicio? ¿Por
qué tenía que pincharlo una y otra vez y sacar a la luz
cosas que él había preferido mantener bajo llave todo
ese tiempo? Todas esas preguntas que no quería que le
hiciera... Además, ¿qué le importaba a ella?

Dos días y tres noches; eso sería todo. Podría soportarlo. Al fin y al cabo, ¿qué podía pasar en sólo un fin
de semana? Lo que él esperaba que hubiera eran más se-
siones de sexo tan increíbles como las que habían compartido la noche anterior. Confiaba en que la siesta que
se estaba echando mejorara su humor, y estaba seguro
de que el entorno paradisíaco en el que iban a estar la
haría sentirse romántica y volvería a sus brazos.

Y cuando el fin de semana concluyese tendría ese acuerdo atado y bien atado, y Evelyn y su hijo volverían a su casa. Así de simple.

Una azafata se le acercó.

–Señor Zamos, el capitán me ha pedido que le diga que aterrizaremos dentro de media hora. ¿Quiere que vaya a avisar a la señorita Carmichael?

Él miró su reloj y se frotó la frente, calculando mentalmente cuánto habría dormido. Esperaba que lo suficiente como para que su humor hubiera mejorado.

–Gracias, pero no es necesario; ya voy yo.

Cuando llamó a la puerta del dormitorio unos instantes más tarde no hubo respuesta, así que abrió muy despacio, sólo una rendija, y asomó la cabeza.

–¿Evelyn? –llamó en voz baja.

La luz que entraba por el hueco de la puerta iluminó la habitación a oscuras, y cuando sus ojos se acostumbraron Leo vio que estaba dormida. Estaba de espaldas a él, con el cabello desparramado sobre la almohada y un brazo por encima de su hijo en un gesto protector.

Madre e hijo... Una ráfaga de sentimientos encontrados azotó a Leo, que cerró los ojos con fuerza para contener el dolor y la ira que lo desgarraron.

Cuando pudo volver a respirar de nuevo y abrió los ojos, se encontró con otro par de ojos oscuros mirándolo desde la cama. Se miraron, y como Leo no sabía cómo lidiar con aquella situación, finalmente fue Sam quien tomó la iniciativa, sacando su oso de peluche de debajo de las sábanas y levantándolo hacia él.

–Oso.

Leo siguió mirándolo sin saber qué esperaba el niño que hiciera. Además, todavía estaba agitado por aquella ráfaga de emociones que lo había asaltado.

–¡Oso! –repitió Sam.

Evelyn se despertó.

–¿Umm? ¿Qué pasa, Sam? –preguntó con voz soñolienta. Al ver la luz giró la cabeza y vio a Leo–. Ah, eres tú –murmuró incorporándose antes de pasarse una mano por el cabello–. ¿He dormido demasiado?

Leo tragó saliva. Estaba tan preciosa al despertar...

–No, es que vamos a aterrizar dentro de poco y no quería que te perdieras la vista. Me han dicho que es algo espectacular.

Y era espectacular, como descubrió Evelyn por sí misma cuando, después de haberse refrescado un poco en el aseo y cambiado a Sam, regresaron a sus asientos. El mar era de un azul intenso, y en la distancia podían entreverse ya las islas hacia las que se dirigían. Parecían esmeraldas en medio del mar rodeadas de playas de blanca arena. El sol, que estaba empezando a ponerse, era como una bola de fuego que lo teñía todo de un tono dorado rojizo.

–Ésa es la isla Hamilton –le explicó Leo, señalando la isla más grande–. Aterrizaremos allí, y tomaremos un helicóptero que nos llevará a la isla de Mina.

–Es precioso –murmuró ella–. Mira, Sam –le dijo a su pequeño, señalando la ventanilla–. Ahí es donde vamos.

Y el pequeño empezó a aletear los brazos y a balbucear excitado.

Desde luego no había duda de que era un lugar idílico, se dijo. Quizá después de todo no le fuera mal pasar un par de días relajándose en aquella isla tropical. Sin embargo, cuando le echó una mirada al hombre sentado al otro lado del pasillo y notó ese cosquilleo que sólo él provocaba en ella, supo que estaba engañándose. Con Leo cerca las cosas acabarían complicándose, eso seguro, y lo mejor que podría hacer sería empezar por establecer unas cuantas reglas.

Capítulo 9

NO PIENSO dormir contigo.

Como Leo le había dicho que harían, después de aterrizar en la isla Hamilton, los habían llevado en helicóptero a Mina, y a su llegada Eric había ido a recibirlos para llevarlos a su bungalow para que pudieran refrescarse un poco antes de la cena.

Cuando se habían quedado solos, Evelyn y Leo habían inspeccionado el bungalow, en el que sólo había un dormitorio con una sola cama, de matrimonio, aparte de la cunita que le habían puesto a Sam en la habitación contigua, que en realidad era un amplio vestidor.

Era allí donde estaban en ese momento, y Evelyn no esta dispuesta a ceder.

–Tendrás que buscarte otro sitio para dormir –le dijo a Leo.

–Vamos, Evelyn –reconvino él sentándose en la cama para quitarse los zapatos y los calcetines–, ¿no te parece que te estás poniendo un poquito melodramática? Como si no hubiéramos dormido ya juntos...

–Eso fue distinto.

Él la miró por encima del hombro y enarcó una ceja.

–¿Ah, sí?

Eve sintió deseos de estrangularlo. Desde la cocina llegaban las risas de Sam, que estaba con Hannah, la niñera a la que los Culshaw habían contratado, y que en ese momento le estaba dando la cena. Al menos en eso había habido suerte; parecía que la chica había congeniado con Sam.

–No tenemos que dormir juntos sólo porque me haya visto atrapada en tus mentiras –le dijo a Leo–. No voy a compartir la cama contigo –reiteró.

–¿A pesar de lo bien que nos compenetramos en ella?

Leo se puso de pie y se sacó la camisa de los pantalones antes de desabrocharse los botones de los puños.

–¿Qué estás haciendo?

Él se encogió de hombros.

–Voy a darme una ducha antes –respondió con aire inocente, a pesar del brillo travieso en sus ojos–. ¿Quieres unirte a mí?

–¡No!

Pero no pudo apartar los ojos mientras sus manos, esas manos de dedos largos y habilidosos, desabrochaban la camisa.

–No es más que sexo –dijo Leo, como si le estuviera leyendo el pensamiento. Se quitó la camisa y la dejó caer al suelo–. Ya lo hemos hecho, y varias veces. Y sé muy bien que tú has disfrutado de ello tanto como yo, así que no entiendo por qué haces que parezca una especie de tormento.

–Se suponía que iba a ser sólo por una noche –respondió ella, intentando sin éxito que no la distrajese su ancho torso y la línea de vello negro que desaparecía bajo la cinturilla de sus pantalones–. Sin ataduras.

–Bueno, pues podemos hacer que sean cuatro noches en vez de una. Y lo de «sin ataduras» sigue siendo válido.

Evelyn lo miró, preguntándose cómo podía plantearse hacer el amor con una persona no una, sino cuatro noches seguidas, y tener tan claro que no iba a sentir siquiera algo de afecto por ella después de aquello. Claro que tenía una ventaja sobre ella: su corazón de piedra.

–Estuvo bien, sí, pero eso no implica que tenga que volver a repetirse.

–Esa palabra otra vez: «bien» –las manos de Leo bajaron a la cinturilla de sus pantalones y se detuvieron ahí–. Si sólo estuvo bien y gritaste como gritaste, no quiero ni pensar qué harás cuando tengas un orgasmo descomunal.

Evelyn sintió que le ardían las mejillas, azorada al recordar su desenfreno, sobre todo cuando estaba intentando aparentar que podía pasar perfectamente sin volver a hacerlo con él.

–De acuerdo, sí, estuvo mejor que bien. ¿Y qué? Si no vamos a tener una relación...

–¿A quién le importa eso? –la interrumpió él.

Evelyn le dio la espalda, sintiéndose reducida a una mujer objeto sin sentimientos, y fue hasta la ventana, donde, por entre las copas de las palmeras se divisaba la bahía. Ya se había hecho de noche, y la luna derramaba su luz plateada sobre las aguas y la playa.

De pronto sintió las manos de Leo en sus hombros, sus dedos acariciándole los brazos y su aliento en su cabello.

–Eres una mujer preciosa, Evelyn, y lo sabes. ¿Por qué negarte a ti misma lo que es evidente que deseas?

«Porque no quiero acabar con el corazón roto», respondió ella para sus adentros.

–No puedo –dijo. «No sin acabar convirtiéndome en algo que no quiero ser. No sin arriesgarme a enamorarme de un hombre que no tiene corazón»–. Haré lo que he venido a hacer: seguir fingiendo que soy tu prometida, pero por favor no esperes que duerma contigo.

La casa que los Culshaw tenían en la isla era grande, pero no ostentosa, y el diseño y la decoración se amoldaban perfectamente con aquel entorno tropical. Cenaron en el amplio porche, que se asomaba a la bahía, con las islas recortadas contra el firmamento. El servicio había dispuesto la mesa con una elegancia exquisita, pero fue el cielo nocturno lo que captó la atención de todos.

–Creo que no había visto nunca tantas estrellas –confesó Eve maravillada–. Este lugar es mágico.

Eric se rió suavemente.

–Eso mismo pensamos nosotros. Nos dijeron que esta isla tomaba su nombre de una estrella, pero no me pidáis que os señale cuál es.

–Vinimos aquí por primera vez hace treinta años, de vacaciones –continuó Maureen–, y cuando regresamos a Melbourne lo que queríamos hacer era dar media vuelta y volver aquí. Desde entonces hemos venido todos los años, aunque este año no nos sentíamos con ánimos de viajar; no desde que...

Eric intervino para evitar el espinoso asunto del escándalo.

–Sí, bueno, pero es agradable volver a estar aquí, y con invitados además. Por eso me gustaría proponer un brindis. Por los buenos amigos y los buenos tiempos –dijo, y todos levantaron su copa y bebieron–. Bueno, ¿y cómo se está aclimatando ese hombrecito vuestro? –le preguntó a Eve y a Leo.

–Está en su elemento –respondió ella–. Las dos cosas que más le gustan son los barcos y los peces.

Los demás se rieron.

–Excelente. ¿Y qué tal con la niñera?

–Hannah es estupenda, gracias.

–¿Cuántos años me dijisteis que tenía Sam? –le preguntó Eric a Leo.

Evelyn se quedó paralizada al ver que Leo abrió y cerró la boca, al parecer incapaz de recordar la edad del que se suponía que era su hijo.

–Em... Eve, refréscame la memoria –dijo volviéndose hacia ella–. ¿Sam ha cumplido ya los dos años?

Evelyn soltó una risa que esperó que no resultara forzada, y respondió:

–Si piensas que ya ha pasado su cumpleaños es que viajas demasiado, cariño. Tiene dieciocho meses, ¿cómo se te ha podido olvidar?

Leo se frotó la nuca y sonrió, fingiéndose avergonzado.

–Soy malísimo para las fechas –dijo mirando a los demás–. Suerte que tengo a Eve.

–Debe ser difícil para ti, Evelyn –comentó Maureen–, con Leo siempre de un lado a otro.

Eve sintió deseos de abrazarla por cambiar el tema de conversación.

–¿Tienes algún familiar cerca que pueda echarte una mano? –inquirió Maureen.

Evelyn alzó la vista un momento hacia el cielo con una sonrisa triste. Después de perder a sus padres, siendo muy niña, su abuelo se había hecho cargo de ella. En la primera noche, cuando no dejaba de llorar, la había llevado fuera, al porche, y le había señalado el cielo estrellado, diciéndole que sus padres estaban en algún lugar, allá arriba, haciendo compañía a su abuela. También él se había unido ya a ellos.

–Tengo una vecina maravillosa con la que puedo contar cuando lo necesito –respondió–. Mis padres murieron cuando tenía diez años, y después de eso me fui a vivir con mi abuelo, pero falleció hace ya varios años.

–Oh, qué lastima –dijo Felicity–. O sea que ninguno de ellos llegó a conocer a Sam.

–No, y estoy segura de que habrían disfrutado muchísimo viéndolo crecer –inspiró profundamente y parpadeó para contener las lágrimas–. Perdonad que me esté poniendo un poco sentimental en esta noche tan bonita. Quizá deberíamos hablar de algo más alegre.

–Supongo que sí –asintió Eric–. Por cierto, ¿cuándo va a ser el gran día? Porque supongo que antes o después pensaréis casaros, ¿no?

Eve gimió para sus adentros, pero Leo le pasó un

brazo por los hombros y la miró a los ojos con una deslumbrante sonrisa.

–En cuanto consiga convencer a Eve de que no puede vivir sin mí ni un momento más.

Pasaron el resto de la velada sin que hubiera más incidentes embarazosos como aquél, pero aun así Eve se sintió aliviada cuando estuvieron de nuevo en su bungalow. Había sido un día muy largo, y el estrés de ser descubierta estaba empezando a pasarle factura, y aunque había dormido un poco en el avión, estaba deseando meterse en la cama. Su cama, porque después de la discusión que habían tenido, Leo había dado su brazo a torcer y se había ofrecido a dormir en el sofá. Hannah estaba sentada en él cuando entraron, viendo la televisión con el volumen muy bajito. Cuando los vio entrar la apagó con el mando a distancia y se levantó.

–¿Cómo se ha portado Sam? –le preguntó Eve mientras miraba con ojo crítico el sofá.

No era muy grande, y no estaba segura de que Leo fuera a poder tenderse en él.

–Lo dejé que se quedara despierto media hora más, como me sugirió usted, y luego me dejó que lo acostara sin protestar. La última que he ido a verlo hará cinco minutos, y estaba dormido. Es un niño buenísimo.

Eve sonrió aliviada.

–Suerte que no lo conociste la semana pasada cuando le estaba saliendo su primer diente. Me temo que te habrías llevado una opinión muy distinta de él –abrió su monedero para sacar unos billetes, pero Hannah agitó la mano.

–No hace falta –le dijo–. Los Culshaw me han contratado para cuidar de Sam mientras estén aquí, y como son sus invitados son ellos los que pagan. Nos vemos por la mañana; que descansen.

Cuando la puerta se cerró detrás de ella, Eve se volvió y vio a Leo saliendo del dormitorio con unos cuantos almohadones y unas sábanas.

–Buenas noches –le dijo éste, dirigiéndose muy estoico hacia el sofá.

Eve lo observó mientras arreglaba el improvisado lecho, y se sintió un poco mal. Era imposible que pudiese pegar ojo en el sofá cuando ni siquiera podría caber en él. Debería ser ella quien durmiese allí, pero el vestidor, donde estaba la cunita de Sam, estaba al lado del dormitorio, y quería estar cerca de él, por si se despertaba durante la noche.

Sin embargo, estaba tan cansada que de pronto decidió que tampoco importaba tanto que compartieran la cama. Después de todo, tampoco eran extraños como él había dicho: habían hecho el amor, y no una, sino varias veces. Y no querían tener nada serio, así que... ¿tal vez pudieran dormir cada uno en un lado de la cama, sin que tuviera que pasar nada más?

–Déjalo –le dijo a Leo–, esto es ridículo. La cama es muy grande, así que supongo que podemos compartirla, pero eso será lo único que compartiremos, ¿de acuerdo?

Él suspiró aliviado.

–Te doy mi palabra de que yo no haré nada a menos que me saltes tú encima primero.

–En tus sueños –le dijo ella con sorna–. Y ahora me voy a darme una ducha... sola. Espero que ya estés metido en la cama y dormido cuando salga, o te mandaré de vuelta al sofá.

Cuando llegó a la cama minutos después lo encontró dormido. O eso, o era muy bueno fingiendo que estaba dormido. Eve se metió en la cama, tumbándose lo más cerca que pudo del borde del colchón y de espaldas a él.

Sin embargo, podía notar el calor corporal que emanaba de Leo, y oír su respiración acompasada. Fuera la brisa agitaba las copas de las palmeras y las olas se deslizaban sobre la playa, pero los fuertes latidos de su corazón apenas le dejaban oír nada...

Estaba volviendo a pasar. Se metió debajo de las sábanas y se tapó los oídos con las manos, pero aun así seguía oyendo los gritos, los golpes... Gimoteó asustado, intentando no hacer ruido, temeroso de que su padre lo oyera y fuera a por él también. Tenía miedo de lo que se encontraría a la mañana siguiente en el desayuno. Eso si llegaban al desayuno...

Se oyó un nuevo golpe, un grito, y el ruido de algo haciéndose añicos antes de que los golpes continuaran a pesar de las súplicas de su madre, hasta que finalmente hubo silencio. Luego oyó el mismo mantra de siempre, en medio de los sollozos de su madre: su padre diciéndole una y otra vez en griego que lo sentía, que la quería... «Signome! Se agapo. Se agapo poli. Signome».

¡Sam! Eve se incorporó sobresaltada en la cama. Su intuición de madre le decía que algo no iba bien. En un primer momento parpadeó, desorientada, sin saber muy bien dónde estaba, y cuando por fin su mente se centró, se dio cuenta de que no era Sam quien estaba inquieto. Era Leo, que estaba moviéndose de un lado a otro en la cama, murmurando algo incomprensible en un idioma que no conocía. Su rostro estaba bañado en sudor, y en sueños gritó lleno angustia, y todo su cuerpo se tensó antes de que empezara a sacudirse de nuevo hacia uno y otro lado.

Eve hizo lo único que se le ocurrió, lo que calmaba a Sam cuando estaba intranquilo en su cuna. Se sentó cerca de él y le acarició la frente con la mano, intentando calmarlo mientras le susurraba:

—No pasa nada, Leo; todo está bien. No pasa nada, es sólo una pesadilla.

Él pareció tranquilizarse, y poco a poco su respiración dejó de ser tan agitada. Parecía que los demonios que habían perturbado su sueño lo habían abandonado, pensó, pero Leo empezó a murmurar de nuevo. Se tumbó a su lado y le pasó un brazo por la cintura mientras con la otra mano volvía a acariciarle la frente.

Con cinco minutos bastaría para calmarlo, se dijo. No quería que despertara a Sam. Cinco minutos para que se tranquilizase, y luego volvería a su lado de la cama...

Había algo... distinto. Cuando Eve abrió los ojos vio la suave luz del amanecer filtrándose por las rendijas de las contraventanas de madera de la terraza, y oyó el canto de los pájaros. Fue entonces cuando sintió unos dedos deslizándose por su espalda, dibujando arabescos a través del fino camisón de algodón. Luego unos labios la besaron en el cuello, y la mano que estaba en su espalda encontró de algún modo el camino hasta su pecho.

Estaba muy, muy excitada... y también atrapada por el pesado brazo de Leo y la pierna que tenía sobre su cintura. Intentó apartarse, pero al moverse sus nalgas entraron en contacto con cierta parte del cuerpo de Leo que le dijo que él también estaba muy excitado.

Leo emitió un gruñido de satisfacción, y Evelyn intentó no pensar en lo bien que se había sentido cada vez que había tenido esa parte de su anatomía dentro de ella.

–Leo... –protestó volviendo el rostro hacia él.

Fue un error, porque se encontró con la boca de Leo, que atrapó la suya con un beso largo y sensual, un beso que no tuvo fuerzas para impedir aunque sabía que aquello era una locura.

Un cosquilleo la recorrió de arriba abajo, y se notaba

los senos tirantes, como si estuvieran ansiosos de las hábiles caricias de las manos de Leo y de su ardiente boca.

–Veo que has cambiado de opinión –murmuró él–. Me he despertado contigo a mi lado.

–Anoche tuviste una pesadilla.

–¿Ah, sí? –inquirió él. Su mano ascendió por el muslo de Eve y le masajeó la nalga–. Pues esto no es ninguna pesadilla.

–Leo, no... –intentó detenerlo ella.

Sin embargo, Leo la silenció con un nuevo beso, su mano subió de pronto hasta uno de sus senos, y sus dedos comenzaron a estimular el pezón al tiempo que la besaba de nuevo, haciendo que suspirara dentro de su boca. Cuando despegaron sus labios, Eve estaba sin aliento, y algo mareada.

–¿No te acuerdas? –inquirió–, de lo de la pesadilla.

Leo se colocó sobre ella y la asió por las muñecas, haciéndole subir los brazos sobre la cabeza, mientras sus labios descendían para besarla en el cuello.

–Tal vez –murmuró entre beso y beso–, aunque ahora preferiría no pensar en eso.

Eve jadeó de placer. Los labios de Leo eran tan ardientes que parecía que estuviese marcándola a fuego con un hierro candente. No, aquello no debía estar pasando... No podía dejar que aquello pasase, se dijo.

Pero cuando él bajó la cabeza a su pecho y tomó el pezón endurecido en su boca, lamiéndolo con la lengua para luego soplar sobre la tela húmeda, un escalofrío delicioso la recorrió, y se olvidó de cuál era el motivo por el que no debía dejar que aquello ocurriera.

Leo le soltó las muñecas y sus manos se ocuparon en apartar el camisón, que se interponía en su camino. Notó cómo lo levantaban, subiendo por sus costados, y luego descendieron para llevarse las braguitas con ellas.

–Eres preciosa –murmuró Leo antes de sacarle el camisón por la cabeza.

No, él sí que era hermoso, pensó ella, admirando su magnífico cuerpo desnudo y la orgullosa erección apuntando hacia ella. Una gotita relucía en la punta, y Evelyn, sin poder contenerse, alargó la mano para tocarla con la yema del pulgar. Leo masculló algo ininteligible entre dientes, y sus ojos relumbraron de un modo salvaje, reflejando el deseo que también estaba consumiéndola a ella. Se apresuró a tomar su billetera de la mesilla, extrajo de ella un preservativo, y se lo puso sin más dilación, ansioso por estar dentro de Evelyn.

Inspiró, tratando de contenerse un poco.

–Mira lo que me haces –le dijo a Evelyn, separándole las piernas con la mano. Sus dedos la encontraron húmeda y caliente–. No sabes cuánto te deseo –murmuró mientras sus dedos trazaban círculos en torno a su clítoris.

Aquellas deliciosas caricias pronto hicieron que Eve se deshiciera en maullidos de placer, retorciéndose sobre el colchón. Leo no pudo esperar mucho más, y al cabo de unos instantes notó su palpitante miembro empujando contra ella. Luego la penetró con una certera embestida que arrancó lágrimas de placer de sus ojos, y sus músculos internos lo abrazaron, dándole la bienvenida.

Pero lo mejor estaba aún por llegar: la danza, la fricción, el delicioso momento de tensión en que Leo se retiraba, casi hasta el límite, para volver a hundirse en ella.

Eve se acomodó al ritmo que estaba marcando, levantando las caderas para responder a cada una de sus embestidas, y pronto sus cuerpos sudorosos comenzaron a moverse más deprisa hasta que Evelyn sintió que la tensión que se estaba acumulando dentro de ella era demasiado grande para contenerla en su pecho.

Con una última embestida y un rugido gutural, la envió a lo más alto, y quedó desmadeja en sus brazos, cayendo, cayendo...

—Eres preciosa –repitió Leo.

Le apartó el cabello de la frente húmeda, y la besó en los párpados, en la nariz, en los jadeantes labios.

«Y tú demasiado peligroso», añadió ella para sus adentros cuando Leo se levantó para ir al cuarto de baño. Y ella estaba en peligro. ¿Qué podría hacer un ejército cuando el enemigo había acabado con sus defensas, cuando había abierto una brecha en sus muros? ¿Intentar reconstruirlos a toda prisa? ¿Pedir refuerzos? ¿O rendirse?

Cerró los ojos, apretándolos con fuerza. Como si tuviera elección... En cuanto reconstruyese esos muros él volvería a atacarlos con una caricia, un beso... y se derrumbarían. Además, de nada servía reconstruir los muros de una fortaleza ni pedir refuerzos cuando el enemigo ya había penetrado en ella.

Los ojos se le llenaron de lágrimas, pero las enjugó irritada. ¿Qué estaba haciendo?

—No puedo permitirme quedarme embarazada otra vez –le dijo a Leo cuando regresó, dando voz a su mayor miedo.

Él se sentó en la cama, a su lado, y respondió:

—Aunque eso ocurriera, yo jamás te dejaría sola.

—Pero el padre de Sam...

Leo la cortó con un beso.

—Yo nunca te haría eso.

—¿Y qué garantía tengo yo de que no pasará? ¿Qué iba a hacer con dos hijos de padres distintos?

—Créeme, eso no ocurrirá, pero si ocurriera yo no te abandonaré como hizo el padre de Sam.

—Pero tampoco te casarás conmigo.

Leo frunció el ceño, y le enjugó las lágrimas con la yema del pulgar.

—¿No decías que una mujer debía estar loca para querer atarse a mí durante el resto de su vida?

—No pienso eso de verdad –susurró ella–. Estaba enfadada cuando lo dije.

–También yo estaba enfadado. No debí decir que el padre de Sam debió pensar lo mismo para dejarte a ti. Pero tienes razón, el matrimonio no entra en mis planes, así que lo mejor será que tengamos cuidado, ¿de acuerdo?

Evelyn deseó en ese momento que volviese a ser el implacable hombre de negocios, porque cuando se mostraba tierno y amable con ella casi podía imaginar que le importaba.

No podía enamorarse de él, no podía, pero no había nada de malo en disfrutar de aquel fin de semana, pensó. Dos noches más en su cama... ¿Por qué luchar contra ello cuando era exactamente donde quería estar? ¿Por qué no pensar en aquel fin de semana como lo que era, unas pequeñas vacaciones en una isla tropical con un hombre que sabía cómo darle placer a una mujer?

¿Era una locura que estuviera intentando luchar contra ello? ¿Y sería realmente una rendición, si tomase simplemente aquello que le habían ofrecido en bandeja?

Leo tomó uno de sus senos y comenzó a acariciar el pezón mientras sus labios descendían para besarla en el cuello.

–¿Qué me respondes, Evelyn?

La mujer que rechazase algo así debía estar loca, se dijo ella, abandonándose a las deliciosas sensaciones que estaban invadiéndola. Dos noches más para disfrutar de los placeres de la carne. Con esas dos noches bastaría. Tenía que bastarle.

–De acuerdo –respondió en un susurro, antes de responder a su beso.

Capítulo 10

LA CHÁCHARA mañanera de Sam los despertó a ambos cuando balbuceó de un tirón todas las palabras que conocía. Luego se oyó el golpe seco de algo cayendo al suelo y una risita excitada.

–Es Sam –murmuró levantándose, aunque Leo ya lo habría imaginado.

Buscó su camisón y sus braguitas, y se los puso, deteniéndose un momento para mirarse en el espejo del baño antes de ir al vestidor. Quería asegurarse de que cuando le diese los buenos días a su hijo tendría un aspecto maternal, y no el de una mujer que había estado compartiendo algo más que la cama con su jefe hacía un momento. Claro que por suerte Sam era aún demasiado pequeño como para darse cuenta de eso, pensó dando gracias por ello.

Sam, que estaba agarrado a los barrotes de su cuna y dando botes sobre el pequeño colchón, la saludó con una enorme sonrisa seguida de un «mammá-mammá-mammá» que hizo que Evelyn se emocionase, aunque lo oyese todas las mañanas. Amor incondicional... no había nada tan maravilloso como eso. Le cambió los pañales, y luego lo dejó en el suelo.

–¡Oso! –gritó Sam entusiasmado recogiendo a su peluche, y salió corriendo hacia el dormitorio para detenerse frente a la cama.

Sus oscuros ojos miraron con curiosidad a Leo, que lo miró también, parpadeando, mientras se preguntaba qué se le decía a un bebé. Sam se giró para mirar a su madre, que había ido a la pequeña cocina que tenía el bungalow, y estaba sacando una botella de leche del frigorífico.

–No pasa nada, Sam, es Leo. Te acuerdas de él, ¿verdad? –le dijo antes de verter un poco de leche en un vaso y meterlo en el microondas.

Sam volvió a mirar a Leo, pero luego salió corriendo a abrazarse a las piernas de su madre y escondió el rostro entre ellas.

–No se lo tomes en cuenta –le dijo a Leo, levantando al pequeño y poniéndoselo sobre la cadera–. Al principio es un poco tímido.

El microondas anunció que había terminado con un «ding».

–¡Pin! –exclamó Sam, imitando el sonido y extendiendo sus manos hacia el microondas–. ¡Pin!

Evelyn sacó el vaso del microondas y vertió el contenido en la taza de dos asas de Sam con la mano que tenía libre, le colocó la tapa y se la tendió al pequeño.

–Toma, aquí tienes tu «pin», Sam.

Leo la observaba desde la cama, admirado de ver lo bien que se manejaba con una sola mano. Sam tomó la taza con sus manitas regordetas, dejando caer el oso de peluche al suelo, y se puso a beber con fruición por el pequeño pitorro de la tapa.

–Sam está acostumbrado a venirse conmigo a la cama por las mañanas –le dijo Eve a Leo, agachándose con el bebé para recoger el muñeco–. Pero no a encontrarse con nadie en ella.

Leo captó la indirecta, se levantó de la cama, y se puso una bata.

–No lo he dicho para que salgas corriendo –le dijo Eve depositando a Sam en medio de la cama junto con su oso de peluche–. Todavía es temprano.

–Es igual, creo que saldré a correr un poco.

–No has tenido mucho trato con bebés ni con niños, ¿no?

–¿Tanto se nota?

–A la legua. Y me parece que deberías hacer algo al respecto si de verdad quieres que la gente crea que eres el padre de Sam. El hecho de que te pases la mayor parte del año viajando no excusa que no sepas cómo tratar a un hijo que se supone que es tuyo.

Leo, que sabía que la noche anterior casi había metido la pata durante la cena al no saber responder qué edad tenía Sam, se encogió de hombros, algo incómodo.

–¿Y qué sugieres?

–Quizá deberías probar a tomarlo en brazos de vez en cuando, o al menos tomarlo de la mano. No sé, interactuar con él un poco.

–¿Interactuar?

–Leo, es una persona. Tal vez podrías intentar a dirigir ese magnetismo que tienes hacia él en vez de a la primera mujer guapa que se te ponga por delante.

Leo miró al niño y luego a ella. No estaba seguro de quién lo estaba haciendo sentirse más incómodo en ese momento.

–¿Pero entiende siquiera lo que le dices?

Eve se rió.

–Entiende mucho más de lo que crees.

Leo se sentó en el borde de la cama y observó a Sam, que lo observó también mientras acababa de beberse su leche. Cuando terminó con ella, agarró su muñeco y lo levantó.

–¡Oso!

Leo lo miró vacilante, sin saber muy bien qué se esperaba de él.

–No estoy seguro de poder hacer esto –le dijo a Eve.

–Te lo está ofreciendo –le respondió ella.

Leo extendió una mano hacia el peluche, pero Sam

rodó hacia un lado, llevándose al osito consigo y prorrumpiendo en risitas.

Leo miró a su madre.

–No lo entiendo.

–Es un juego, Leo. Quiere que intentes quitárselo. Espera y verás.

Y al cabo de un momento Sam volvía a tenderle el peluche de nuevo.

–¡Oso!

Esa vez Leo intentó agarrarlo. Fue muy lento, pero a Sam le encantó, porque volvió a prorrumpir en risitas al tiempo que apartaba al peluche.

La siguiente vez casi fue un empate, y Sam ganó por muy poco, y no paraba de reírse, aferrándose a su peluche. Incluso a Leo le estaba empezando a parecer divertido.

–Es rápido –le dijo a Evelyn, que estaba sonriendo, aunque había una sombra de tristeza en sus ojos, casi como si...–. Voy a darme una ducha –dijo levantándose de la cama abruptamente.

No quería analizar lo que podría significar esa mirada. A él no le iba eso de casarse y tener hijos, ya se lo había dicho. Y si la pesadilla de la noche anterior le había recordado algo, era que él nunca sería capaz de convertirse en un marido ni en un padre. No se atrevía; provenía de una familia disfuncional, de un hogar roto, y aquello no podía cambiarse.

Lo mirara como lo mirara Evelyn le daba igual, porque después de dos noches más ella saldría de su vida... para siempre. No quería más que lo que estaban teniendo, y desde luego no quería su compasión.

Después del desayuno iban a reunirse todos en el muelle. Iban a salir a navegar, y luego darían un paseo en hidroavión para ver desde el aire algunas de las zonas de más difícil acceso de la isla y los arrecifes de coral. Hannah ya había recogido a Sam y se lo había llevado a la casa de los Culshaw, donde había una habitación enorme con juguetes rodeada por vallas de seguridad para que no se pudiera escapar. Y para Eve eso significaba que iba a poder disfrutar de unas cuantas horas sin tener que trabajar ni estar pendiente de su hijo, en la compañía de un hombre tan fascinante como el exótico paraje en el que se encontraban, aunque también bastante complicado.

Leo la tomó de la mano mientras se dirigían al muelle de la bahía por la arena salpicada de palmeras. En el cielo sólo había alguna que otra nube blanca y la suave brisa que corría prometía un día cálido pero no caluroso, mientras que el hombre que caminaba a su lado era la promesa de dos noches colmadas de placeres pecaminosos.

Ahora que había tomado la decisión de no luchar contra lo que quería su cuerpo, y que tenía la palabra de Leo de que no la dejaría tirada si se quedaba embarazada, estaba dispuesta a disfrutar cada instante de ese fin de semana. Tal vez fuera una locura, pero confiaba en él, al menos en ese respecto. Además, no había duda de que le daría dinero para ayudarla con la manutención, si llegaban a eso.

–¡Buenos días! –los saludó Maureen efusivamente agitando la mano al verlos–. ¿Qué tal vuestro bungalow?, ¿cómo habéis pasado la noche? –les preguntó cuando llegaron junto a ella.

Eve sonrió.

–Muy bien, gracias, y el bungalow es precioso.

–Sí, este lugar es una maravilla –asintió Leo, pasándole el brazo por los hombros a Evelyn.

–¿Y qué tal Sam? Espero que no os preocupéis por salir sin él.

Eve sacudió la cabeza.

–No, por supuesto que no. Hannah se entiende muy bien con él y Sam se lo está pasando en grande.

–¡Todos a bordo! –llamó Eric, que iba muy propio, con una gorra de capitán.

Leo ayudó a las dos mujeres a subir al yate, en cuya cubierta ya estaban esperando Richard y Felicity.

Cuando se pusieron en marcha la embarcación avanzó por las aguas azules con el viento hinchando las velas.

–¿Verdad que esto es precioso? –le dijo Felicity a Eve.

Era la viva imagen del glamour, con una falda tipo pareo y una blusa con bordados. Eve asintió, sintiéndose aburrida en comparación con sus vaqueros cortos y la camiseta de tirantes que había comprado en unos grandes almacenes. Pero eso fue hasta que Leo le pasó un brazo por la cintura y le susurró al oído:

–¿Te he dicho ya lo mucho que me gustan tus pantalones cortos? ¿Y que estoy deseando que llegue la noche para quitártelos?

Evelyn se estremeció de excitación de sólo imaginarlo, pero antes de eso había otros placeres que disfrutar en el día.

Descubrieron bahías secretas, pequeñas calas bañadas por aguas cristalinas, y también ensenadas. Pararon en una playa para nadar un poco, y después hicieron un picnic en el que tomaron ensalada de pasta, pollo frío, gambas y rollitos de primavera, todo ello regado con vino blanco y gaseosa.

Después de comer los Álvarez se fueron a dar un paseo por la playa, y Maureen se echó una siesta a la sombra en una tumbona mientras su marido y Leo charlaban, seguramente de negocios. Eve se contentó con sentarse ella sola algo alejada, a contemplar el mar. Se sentía algo culpable de no estar compartiendo aquello con Sam, aunque sabía positivamente que si lo hubiese llevado ninguno de ellos habría tenido un momento de paz. Un día, cuando fuera un poco más mayor, lo llevaría allí.

Al cabo de un rato oyó a alguien acercársele por detrás, y al girar la cabeza vio que era Leo, que se arrodilló detrás de ella, y sin decir nada tomó su bote de protector solar. Se echó un poco en la mano, y se puso a extenderlo por su espalda y sus hombros hasta que Evelyn casi ronroneó de placer. En realidad ya se había puesto crema ella, pero no quiso quitarle la idea a Leo.

–Se te veía muy pensativa –comentó éste.

–Estaba pensando en que un día, cuando Sam sea un poco mayor quiero traerle aquí de nuevo.

Las manos de Leo se detuvieron un instante antes de continuar el sensual masaje.

–¿No te encanta este sitio? –le preguntó ella–. ¿Puedes creer que exista un mar de ese color? –dijo señalando delante de sí.

–En realidad yo ya había visto antes ese color.

Eve parpadeó sorprendida, pero luego se recordó todo lo que había viajado Leo.

–¿Dónde?

–En tus ojos.

Un cosquilleo recorrió la espalda de Eve, que giró la cabeza hacia él.

–¿Cómo?

Leo se echó un poco más de crema en la mano y la extendió por los brazos de Evelyn.

–La primera vez que vi tus ojos me recordaron al mar Egeo, que rodea las islas de Santorini y Mikonos, pero hoy me he dado cuenta de que estaba equivocado, porque todos los colores de tus ojos están aquí, en estas aguas.

El corazón de Eve palpitó con fuerza. Era una tonta romántica.

–Leo... –murmuró girando la cabeza y levantando el rostro hacia él.

Leo la miró a los ojos y susurró:

–No sé cómo podré olvidar jamás esos ojos.

«¡Pues no lo hagas!», estuvo a punto de espetarle ella, sorprendiéndose a sí misma con aquella vehemente reacción, pero Leo tomó sus labios y sus pensamientos quedaron suspendidos por aquel beso.

–¡Eh, tortolitos! –los llamó Eric–. ¡Vamos, tenemos que tomar un avión!

Si las islas Whitsunday les habían parecido espectaculares vistas desde el yate, desde el aire su belleza los dejó sin aliento. Cada una de ellas parecía una brillante esmeralda en medio de aquel mar de zafiro. Y justo cuando Evelyn pensó que no podía haber nada más hermoso, se dirigieron a la Gran Barrera de Coral. Los colores eran tan brillantes que parecía que alguien los hubiese pintado sobre el mar tomándolos directamente de una paleta.

Luego aterrizaron en el agua, y subieron a bordo de una embarcación con el suelo de cristal para que pudieran ver aquel increíble mundo en tecnicolor bajo las aguas con su rica vida marina.

–Está decidido, cuando Sam sea un poco mayor quiero que vea todo esto –le dijo Eve a Maureen cuando volvieron a subir al avión para regresar a Mina–. Gracias por este día tan maravilloso. Atesoraré siempre estos recuerdos.

–Pues aún no habéis visto nada –dijo Eric desde el asiento de atrás–. Hemos dejado lo mejor para el final.

Y fue verdad. Estaban sobrevolando una zona que se conocía como el arrecife Hardy, cuando vieron algo verdaderamente inusual. Evelyn señaló a través de la ventanilla.

–Eso parece... ¿Verdad que parece...? –balbuceó con los ojos muy abiertos.

Eric se rió y el piloto trazó un círculo con el avión sobre esa zona para que pudieran verlo mejor.

Evelyn no podía creerse lo que estaba viendo: en el centro de una especie de laguna en medio del arrecife varios corales dibujaban una forma perfecta de corazón.

–Mira qué curioso, Richard –le dijo Felicity a su esposo tomándolo de la mano–: es un corazón. ¿No es impresionante?

–Es mágico –murmuró Eve sin poder despegar los ojos de tanta belleza–. Todo este lugar es mágico. Gracias otra vez por traernos.

Los Culshaw se rieron, encantados con la reacción de sus invitados, mientras Leo tomaba la mano de Eve y se la llevaba a los labios. Evelyn se volvió hacia él, sorprendida por la ternura de aquel gesto, y se sorprendió aún más al ver la expresión triste que había en sus ojos.

–¿Ocurre algo? –le preguntó confundida.

–Que tú también eres mágica –le respondió él, y sus palabras hicieron que un nuevo cosquilleo le recorriera la espalda a Eve.

¿Cómo podía haber pensado que Leo tenía un corazón de piedra?

Esa noche cenaron al aire libre. Hicieron una barbacoa lo bastante temprano como para que pudiera estar presente Sam, que se dedicó buena parte del tiempo a ir enseñándole sus nuevos juguetes a quien quisiera verlos.

Estaba en su elemento, encantado con la atención de los mayores, y cuando bostezó hubo consenso general de que era hora de irse a descansar. Había sido un día espléndido, pero estaban todos agotados y al día siguiente los hombres tenían que ponerse con el trabajo mientras las mujeres pasaban la mañana en un spa de una isla cercana.

Y antes de eso otra noche de sexo explosivo, pensó Evelyn, y se excitó de sólo pensarlo. Sam, al que llevaba en brazos, se había quedado dormido antes de que llegaran al bungalow.

Una vez en el vestidor dejó al pequeño en su cuna y salió al dormitorio iluminado por la luz de la luna. Leo había abierto las contraventanas y bañaba toda la habitación. Evelyn se alegró de que hubiera tenido aquella idea. Le encantaba la vista de las palmeras mecidas por la brisa, y el ruido de las olas acariciando la playa.

–Ven –la llamó la aterciopelada voz de Leo, cuya figura se recortaba en la penumbra.

Y esa parte del día fue la que más le gusto.

Su madre estaba gritando otra vez, gritando de dolor mientras su padre la golpeaba una y otra vez, insultándola sin cesar. «Stomato to!», gritaba él desde su cama. «¡Para!». Pero su padre no se detenía, y lleno de miedo y desesperación fue sin hacer ruido hasta la puerta, con las lágrimas surcándole el rostro, con miedo a moverse, con miedo de lo que se encontraría al abrir la puerta. Así que no hizo nada. Se acurrucó en el suelo, detrás de la puerta, y se tapó los oídos y se puso a rezar, rogándole a Dios que hiciese que parara...

–Leo, no pasa nada.

Leo se incorporó como un resorte en la cama, jadeante, con los pulmones ardiéndole. Se llevó las manos a la cabeza y se inclinó hacia delante para apoyarla en las piernas.

–Estabas teniendo una pesadilla otra vez.

Si tan sólo fuera una pesadilla... Aquélla había sido su vida. Apartó la sábana a un lado, se bajó de la cama, y se puso a andar arriba y abajo por la habitación.

Veinte años atrás había escapado. Veinte años atrás se había abierto su propio camino. Pero siempre había sabido que aquello no lo había abandonado, que estaba acechando en las sombras, esperando. Sin embargo, nunca había estado tan cerca; nunca había sido así de real. Sintió unas manos en la espalda.

–¿Qué es lo que te ocurre?

Leo dio un respingo.

–¡No me toques! ¡No deberías tocarme!

–¿Leo?

–Necesito salir a dar un paseo para despejarme la cabeza –masculló él.

Sacó unos pantalones cortos de deporte de un cajón y se los puso.

–Leo, son las dos de la mañana...

–¡Déjame!

Había una buena razón por la que no quería implicarse emocionalmente en una relación, se dijo mientras salía del bungalow y echaba a andar sin rumbo. Era un ser disfuncional, tenía que estar solo. ¿Acaso no se daba cuenta Evelyn de eso?

Ella sigo mirándolo con esos ojos tan increíblemente azules, haciéndole desear cosas que jamás podrían ser. Todo aquello era culpa de él. ¿Cuándo había dejado de interpretar un papel?, ¿cuándo había olvidado que lo de aquel fin de semana era sólo una ficción, que no era real?

¿En el momento en que habían hecho el amor, con ella retorciéndose debajo de él sudorosa?, ¿o cuando Evelyn había hablado de sus padres, a los que había perdido siendo tan pequeña, y había sentido el deseo de aliviar su dolor?

Se detuvo al llegar a la orilla del mar y miró las formas en penumbra de las otras islas. Un día más. Una noche más. Y luego llevaría a Evelyn a casa antes de que pudiera hacerle daño y ya no volvería a tener aquellas pesadillas.

Capítulo 11

AQUELLO le hacía mucha falta. Tumbada en la mesa de masaje con velas olorosas perfumando el aire, Eve dejó que aquellas diestras manos deshicieran la tensión de los músculos de su espalda y su cuello. Le gustaría que pudieran hacer lo mismo con las marañas de pensamientos confusos que tenía en la mente, pero era imposible porque giraban en torno a Leo y no acababa de comprenderlo.

Aquella mañana había salido del bungalow a primera hora como si el mismísimo diablo estuviera persiguiéndolo. La noche anterior, cuando otra de sus pesadillas los había despertado y él había dicho que necesitaba tomar el aire, Eve lo había estado esperando levantada, pero al final se había cansado de esperar y se había vuelto a la cama. Esa mañana, cuando se había despertado, lo había encontrado sentado en el porche tomando un café.

No sabía qué le ocurría, sólo que había algo que no iba bien, y que si al menos Leo se abriera y le contara qué le preocupaba, tal vez pudiera ayudarlo.

Cuando la masajista le pidió que se diera la vuelta, exhaló un suspiro, mezcla de lo relajada que estaba empezando a sentirse, y de frustración. ¿Qué sentido tenía su afán por ayudarlo? Leo no quería un futuro con ella, y al día siguiente volvería a casa y pronto todo aquello no sería más que un recuerdo.

No podía permitirse involucrarse emocionalmente en los problemas de Leo, por mucho que se regocijasen su corazón y su alma cada vez que la besaba.

Maravillosamente relajadas después de pasar toda la mañana en el spa, las tres mujeres regresaron a Mina y disfrutaron de un almuerzo en la casa de los Culshaw, en el patio que estaba junto a la piscina. Los hombres supuestamente estaban todavía reunidos en cónclave, aunque Maureen comentó que probablemente, aprovechando su ausencia, habían tomado una barca y se habían ido a algún sitio a pescar. Claro que tampoco los echaban demasiado de menos tan a gusto como estaban allí sentadas, charlando al fresco. Además, al día siguiente volvían a casa, a su rutina.

Sam, que estaba con ellas, las mantuvo más que entretenidas. Iba de una a otra, repartiéndoles unos bloques de construcción de colores que Hannah le había dado, los recogía, y volvía a repartírselo mientras parloteaba alegremente con su lengua de trapo.

Eve lo observaba con una sonrisa pensando que, al menos, cuando Leo saliese de su vida, aún tendría a su Sam. La verdad era que el pequeño la había sorprendido en aquel viaje, porque había temido que se pusiese protestón, y que los demás acabasen hartos de él, pero en vez de eso parecía que se estaba divirtiendo, y a su vez divertía a todo el mundo también.

Felicity también la estaba sorprendiendo. Cada vez que Sam pasaba por su lado lo agarraba, sentándole en el regazo hasta que él decidía que quería bajarse, le daba abrazos, besos, y lo hacía reír.

—Siempre quise tener un niño —les confesó a Maureen y a ella con tristeza—. De hecho, siempre me había imaginado rodeada de niños. Cuando conocí a Richard supe que era el hombre con el que quería formar una familia, pero... en fin, no ha podido ser. Supongo que a veces las cosas no salen como esperábamos.

Las otras dos mujeres asintieron en silencio.

—Me pareció que sería más fácil darme por vencida y hacer como que no era algo tan importante para mí, pero el veros a ti y a Leo con Sam me ha hecho darme cuenta de hasta qué punto lo deseo –le dijo a Eve–. Quiero volver a intentarlo; al menos una vez más –los ojos se le llenaron de lágrimas–. Tienes tanta suerte de haber podido darle un hijo a Leo, Evelyn... Ojalá yo pudiera hacer lo mismo por Richard... –la voz se le quebró–. Lo siento... Perdonadme –murmuró poniéndose de pie antes de echar a correr hacia la casa.

Eve se sentía fatal. Todos los buenos recuerdos de ese fin de semana que había estado atesorando hasta ese momento no significarían nada si se iba de allí sabiendo que Leo y ella le habían hecho daño a una persona con su engaño.

Se levantó para ir tras ella y pedirle disculpas, pero Maureen la detuvo.

–Déjala ir; necesita estar a solas.

–Pero es que cree que...

Maureen asintió.

–Sé lo que cree.

–Pero es que tú no lo entiendes, Maureen –murmuró Eve volviendo a sentarse junto a ella. El peso de aquella mentira le pesaba en el corazón–. ¡Detesto todo esto! Detesto tener que fingir. Lo siento muchísimo, Maureen –pensó en cómo podía decirlo de una forma delicada, pero no se le ocurría otra manera más que decir la verdad–. Leo no es el padre de Sam.

Un gemido ahogado escapó de los labios de Maureen, pero en vez de la indignación que Eve había pensando que seguiría a la sorpresa, puso su mano sobre la de ella, y se la apretó suavemente.

–Me preguntaba cuándo te sentirías preparada para contárnoslo.

Vacilante, Eve alzó la vista hacia ella.

–¿Lo sabías?

–Desde el día en que Eric y yo nos encontramos con vosotros en la cafetería del hotel –respondió Maureen–.

Sam podría haber pasado por el hijo de Leo, pero para cualquier madre salta a la vista de que Leo no tiene ni idea de cómo ser padre. Y luego en la cena, cuando no supo decirnos qué edad tenía su propio hijo –se encogió de hombros–. Pero en el fondo, ¿qué importa si es o no el padre de Sam?

–Pero es que no lo entiendes, Maureen, no es tan simple...

–¿Qué hay que comprender? –replicó la otra mujer–. Os he estado observando a Leo y a ti, y es evidente que te quiere y que tú lo quieres, así que... ¿qué más da que no sea el padre de Sam? ¿Qué más da un detalle insignificante como ése cuando vas a casarte con un hombre que te adora? Deja de preocuparte; yo iré a ver cómo está Felicity.

¿Cómo podía ser que Maureen supiera tanto pero estuviese al mismo tiempo tan equivocada? Sentada en la arena con su pequeño mientras éste jugaba a hacer agujeros con un palo, se dijo que todas aquellas horas en el spa no le habían servido de nada. No cuando ni siquiera la magia de la isla, con el susurro de la brisa agitando las palmeras podía hacer desaparecer el nudo que tenía en el estómago.

Ella no estaba enamorada de Leo. Se preocupaba por él, por supuesto, y por esas pesadillas que había tenido dos días seguidos, y no quería pensar demasiado en el momento en que regresasen a Melbourne y ya no lo volviese a ver. Pero eso difícilmente podía llamarse «amor».

Y en cuanto a Leo, era evidente que no sentía nada por ella. Sólo estaba interpretando un papel, colmándola de atenciones delante de todos para que Eric Culshaw confiase en él y se decidiese a firmar aquel acuerdo, no porque la amara.

La deseaba, eso sí, y eso era lo que Maureen había visto. Era un hombre más fogoso que muchos, podía ser, pero no la amaba. Si no, ¿por qué le recordaba constantemente que aquello era sólo una pantomima y que acabaría pronto?

Sam dejó escapar un «¡oooh!» de repente, y cuando lo miró vio que iba corriendo hacia ella con algo que había encontrado, una caracola. En ese momento Eve decidió que lo mejor sería que dejase de atormentarse con preguntas para las que no tenía respuesta, y de intentar encontrarle sentido a lo que no tenía ninguno.

El día siguiente volverían a casa y tendría que buscar nuevos clientes y cuidar de Sam. De eso era de lo que tenía que preocuparse.

–Veamos qué es lo que tienes ahí, Sam –le dijo poniéndose de pie–. ¡Qué caracola más bonita! ¿Sabes qué?, vamos a ir a lavarla para que esté limpita –añadió tomándolo de la mano y llevándolo hacia la orilla del mar.

–¡*Baco*! –exclamó el niño señalando de repente a lo lejos.

Eve se rió.

–Sí, es verdad, allí hay un barco, y uno muy grande.

Sentada en la arena húmeda, cerca de la orilla, el pareo se le pegaba a Evelyn al cuerpo, y las olas le mojaban los tobillos, esos tobillos tan finos y elegantes, mientras observaba a su hijo, vigilando sus juegos, hablando con él y riéndose.

Mientras la observaba, Leo se dijo que nunca había visto nada tan hermoso. El trato entre Culshaw y Álvarez ya estaba cerrado y quería celebrarlo con ella haciéndole el amor esa noche, pero algo le decía que también quería algo más, algo más elemental, más necesario.

Sin embargo, sabía que no podía dejar que eso ocurriera. Durante el paseo que había dado después de que aquella pesadilla los despertarse, había llegado a esa conclusión. No podía correr ese riesgo.

Observó a madre e hijo lavando algo en la orilla, y Evelyn debió intuir de algún modo su presencia, porque no se había movido siquiera y no había podido oírlo. La vio girarse hacia él y sonreírle. Fue una sonrisa vacilante, pero después de cómo la había dejado esa mañana no se merecía ni siquiera eso.

El hecho de que a pesar de todo le hubiese sonreído hizo que el corazón le palpitara con fuerza. Esperaba que eso significara que sintiese aprecio por él, aunque sólo fuese un poco, y que un día pudiese hallar la manera de perdonarlo por el modo en que la había tratado.

Las olas no eran muy grandes, y Leo no pensó que pudieran ser ningún peligro para Sam hasta que, aprovechando que su madre estaba de espaldas, el pequeño se lanzó de cabeza hacia una de ellas.

–¡Sam! –gritó Leo, y salió corriendo con toda la rapidez que le permitían sus piernas.

Lo sacó del agua, y el niño escupió y tosió antes de echarse a llorar a pleno pulmón.

–¿Está bien? –le preguntó preocupado a Eve cuando ésta tomó al pequeño de sus brazos.

–Oh, Dios mío, sólo he apartado la vista de él un segundo –dijo con una voz cargada de culpa–. Lo siento muchísimo, Sam, perdóname –le dijo besándolo en la cabeza–. Debería haber imaginado que esto podía ocurrir.

–¿Está bien? –repitió Leo ansioso.

Pero el llanto de Sam ya estaba amainando, y de pronto, en medio de sus sollozos, vio un velero que pasaba a lo lejos, y se retorció en los brazos de su madre para señalarlo.

–¡*Baco*!

Eve suspiró aliviada.

–Sí, parece que está bien. Sólo se ha llevado un susto. Creo que los tres nos lo hemos llevado.

Durante un buen rato se quedaron en silencio observando el velero.

–Has sacado a Sam del agua –comentó Eve–. ¿Es la primera vez que tomas en brazos a un niño?

–Bueno, no es algo que mi trabajo requiera muy a menudo.

–Gracias de todos modos por haber sido tan rápido de reflejos. No sé qué estaba haciendo para no verlo.

Él sí lo sabía. Lo había estado mirando a él con aquellos increíbles ojos, y él no había querido que apartase la vista.

Sam pronto se cansó de estar en los brazos de su madre, y ésta lo bajó al suelo para que pudiera seguir jugando en la arena y buscando tesoros, aunque desde ese momento no le quitó el ojo de encima ni un momento, y el pequeño tampoco quiso volver a acercarse demasiado al agua.

–Bueno, ¿y cómo van vuestras negociaciones? –le preguntó Eve a Leo.

–Ya hemos cerrado el trato.

Eve alzó la mirada hacia él.

–Enhorabuena. Supongo que debes sentirte satisfecho de haberlo conseguido.

–Sí, uno se siente bien cuando consigue un triunfo –respondió Leo.

Aquella victoria, sin embargo, no le había sabido tan bien como otras, o al menos no como había esperado. Tal vez fuera por todos los retrasos que se habían producido.

–O sea, que ya hemos terminado aquí –murmuró ella bajando la vista a Sam, que estaba en cuclillas, juntando un montón de arena con las manos.

El oír esas palabras de sus labios no hizo sentir mejor a Leo.

–Eso parece. Culshaw está planeando una cena de celebración para esta noche, y mañana volveremos todos a casa.

–Creía que tú no tenías un hogar.

A Leo se le hizo un nudo en la garganta y miró al pequeño.

–Háblame del padre de Sam –le pidió a Eve.

Ella lo miró suspicaz, como si no entendiera a qué venía eso.

–¿Por qué?

–¿Quién era?

Ella se encogió de hombros.

–Simplemente un tipo al que conocí.

–Pues a mí no me pareces la clase de mujer que se acuesta con cualquier tipo al que conoce.

–Ah, claro, se me olvidaba que tú, con la dilatada experiencia que tienes con las mujeres debes conocer todas las clases de mujer que hay –murmuró ella con sorna.

–Deja de intentar cambiar de tema –le reprochó él–. Estamos hablando de ti. ¿Cómo pudiste dejarte seducir por un canalla como ése? Un hombre que deja tirada a una mujer a la que ha...

–No sabes nada de mí –lo cortó ella con aspereza–. Además, no podía haber sabido que aquel hombre iba a resultar ser muy distinto de como yo creía que era.

–Bueno, puede que no sepa nada de ti, pero sí sé que fue un idiota al dejarte escapar.

Eve sintió un cosquilleo en el estómago.

–Gracias –musitó–, pero la idiota fui yo.

–¿Por quedarte embarazada? No puedes culparte por eso.

–No, por creer que sentía algo por mí. Era un compañero de trabajo. Bueno, en realidad él trabajaba para una compañía asociada con sede en otra ciudad, pero venía a Sídney cada dos semanas y estábamos juntos en un proyecto. Siempre estaba flirteando conmigo. Una noche los dos nos quedamos a trabajar hasta tarde, y me invitó a tomar una copa.

«Y tenía el cabello y los ojos negros como tú, y tu misma piel aceitunada, y yo quise fingir que él eras tú...», añadió para sus adentros.

−¿Y?

Eve se encogió de hombros.

−Y el resto, como se suele decir, es historia.

−¿Y le dijiste lo de Sam?, ¿le dijiste que estabas embarazada?

−Sí. Cuando me di cuenta de que no sentía nada por mí no me quedó mucho interés en volver a verlo, pero pensé que tenía derecho a saberlo. Pero lo que él quería era que su mujer no se enterase. No me había dicho que estaba casado.

−¡Qué canalla! −masculló Leo, sorprendiéndola con ese fiero arranque.

−Bueno, al menos de aquello salió algo bueno. Tengo a Sam. El tener que criar a mi hijo sola fue lo que me motivó a empezar mi propio negocio.

Miró a su pequeño, que había echado a correr hacia un pájaro pequeño que se había posado en la arena. El ave echó a volar, y el pequeño dio palmadas y grititos de placer. Lo envidiaba por la facilidad que tenía para disfrutar de las pequeñas cosas. ¿Por qué todo tendría que complicarse tanto cuando uno crecía?

Durante la cena el ambiente fue muy animado, y la conversación fluyó con facilidad. Sólo Leo parecía tenso, y extrañamente distanciado del grupo, como si ya tuviese la mente puesta en el próximo lugar al que iría, en el próximo negocio, en la próxima mujer.

−¿Estás bien? −le preguntó Eve cuando volvían al bungalow−. ¿Quieres que demos un paseo y charlemos?

Hannah se había llevado a Sam hacía un par de horas y estaría ya dormido, así que no tenían que darse prisa en volver.

–Esta noche dormiré en el sofá –le dijo Leo de repente, de sopetón, como si llevara rato esperando para decírselo–. Será lo mejor.

Ella se paró en seco y, al ver que no lo seguía, Leo no tuvo más remedio que pararse también y volverse hacia ella.

–¿Me estás diciendo que después de tres noches del mejor sexo que he practicado en mi vida, en la última noche que nos queda para estar juntos vas a dormir en el sofá? Ni lo sueñes.

Él trató de esbozar una sonrisa, pero no lo consiguió.

–Es por tu bien.

–¿Por mi bien? ¿Qué es lo que te pasa, Leo?, ¿por qué no puedes decírmelo?

Él resopló con sorna.

–Créeme, dudo que quieras saberlo.

–Si no quisiera saberlo no te estaría preguntando. ¿Qué diablos se supone que ha cambiado para que las cosas sean distintas esta noche? ¿El hecho de que ya no tienes que seguir fingiendo?

–¿Crees que fingía cuando te he hecho el amor?

–Entonces no finjas que esta noche no me deseas –Eve se acercó a él y deslizó una mano por su pecho–. Sólo nos queda esta noche; ¿por qué no podemos disfrutar de ella?

Él tomó su mano y la apartó.

–¿Es que no lo comprendes? ¡Es por tu propio bien!

–¿Cómo quieres que lo entienda si no me lo explicas? ¿Qué es lo que pasa? ¿Es por esas pesadillas que has estado teniendo?

Él gruñó como un animal herido, dejando traslucir su angustia.

–Déjalo, por favor –le pidió–. Déjame solo.

Se dio la vuelta y se alejó a grandes zancadas hacia la playa, dejándola allí plantada, con el corazón encogido.

Quizá fuera mejor así, pensó mientras volvía sola al bungalow. Se obligó a poner buena cara cuando entró y saludó a Hannah, aunque estaba segura de que ésta no se dejó engañar y sospechó que había pasado algo entre ellos.

Cuando la chica se hubo marchado fue a ver Sam, y se quedó escuchando un rato su respiración acompasada mientras lo miraba en su cunita, dando gracias por aquel regalo que el Cielo le había dado, aunque fuera a resultas de un error. Era el mejor error que había cometido en toda su vida.

Llevó sábanas y unos cuantos almohadones al sofá, y se acostó allí. Se quedó allí tendida, en la oscuridad, esperando lo que le parecieron horas hasta que oyó abrirse la puerta. Abrió los ojos, y vio la silueta de Leo recortada en el umbral. Entró, cerrando suavemente tras de sí, y dio unos pasos. Lo notó vacilar al verla tumbada en el sofá.

«Ven aquí», lo llamó mentalmente. «Tómame en brazos, llévame a la cama y hazme el amor».

Sin embargo, lo oyó suspirar, y luego se dio la vuelta y se alejó. A los pocos segundos oyó la puerta del baño cerrándose, y se preguntó qué haría si la encontrase en la cama cuando saliese. No, sabía que sería inútil, que se iría a dormir al sofá.

Ya no la necesitaba. O quizá ya no la deseaba. ¿Qué más daba que fuera lo uno o lo otro? Las dos posibilidades le dolían igual. Era como si alguien le hubiese arrancado el corazón y lo hubiese pisoteado.

¿Podría ser que se sintiese dolida en su orgullo? ¿O estaría engañándose y tendría razón Maureen? Ay, Dios... ¿No se habría enamorado de Leo?

La verdad era que desde el principio había sabido

que era un riesgo que corría. Sí, ¿por qué negar la evidencia?, se había enamorado de él. La puerta del baño se abrió y se cerró. Oyó a Leo subirse a la cama con un pesado suspiro, y le deseó paz, aunque no pudiera encontrarla junto a ella.

El grito lo despertó, y se quedó muy quieto, aterrado, rogando por que lo hubiera imaginado. Pero luego oyó más gritos, la voz de su padre llamando a su madre esas cosas que no comprendía, pero que estaba seguro de que debían ser cosas malas, y contrajo el rostro, esperando el final. Se oyó un golpe seco, y su madre hizo un ruido parecido al que hace un balón de fútbol cuando se le da una patada. Vomitó sobre las sábanas. Se bajó de la cama tembloroso, oyendo los sollozos de su madre y con aquel sabor a hiel en la boca.

«Stamata!», suplicó entre lágrimas. «Stamato to tora!». ¡Basta ya!

Abrió la puerta, y salió fuera, para ver a su padre con el puño levantado sobre su madre, que yacía en el suelo.

«Stamato to!», gritó corriendo hacia él, y empezó a golpearlo con las manos antes de que su padre se volviera y le asestara un puñetazo en la mandíbula, derribándolo. Pero no se rindió. No podía, no podía dejar que siguiera haciéndole daño a su madre.

Cargó de nuevo contra él, pero fue su madre quien gritó. Aquello no tenía sentido, ni tampoco lo que oyó después, el ruido de algo pesado cayendo al suelo y el llanto de un bebé.

Leo parpadeó y abrió los ojos. Estaba temblando y bañado en sudor. Había tenido otra pesadilla, pero la verdadera pesadilla comenzó en ese momento, al ver a Evelyn tirada en el suelo, mirándolo con los ojos muy abiertos, llenos de lágrimas, y una mano en la boca, donde debía haberla golpeado. Y Sam estaba llorando a pleno pulmón en el vestidor.

Y él quería ayudar, sabía que debía ayudar, que debía hacer algo, pero era como si estuviera paralizado. De pronto había vuelto al pasado, a aquella cocina en la que su padre vociferaba y su madre gritaba y lloraba y él era el niño que había visto más de lo que ningún niño debería ver jamás. Quería taparse los oídos y bloquear todo aquello.

Oh, Dios, ¿qué había hecho? ¿Qué había hecho?

Capítulo 12

EVELYN parpadeó, mirando a Leo recelosa mientras se palpaba la dolorida mandíbula.

–Tengo que ir a ver a Sam –murmuró, levantándose del suelo.

Se preguntó por qué Leo se había quedado allí sentado como una estatua. Se preguntó si aquella mirada espantada en sus ojos significaba que aún estaba dormido, atrapado en la pesadilla que se había apoderado de él.

–Te he golpeado –musitó él al fin, con voz ronca. Su tez se había puesto muy pálida.

–No eras consciente de lo que hacías –respondió ella–. Estabas dormido. Estabas dando vueltas, sacudiéndote violentamente, y...

–Te he hecho daño.

Tenía razón, pero en ese momento Evelyn estaba más preocupada por el dolor que veía en sus ojos, y por ir a calmar a su hijo, que seguía llorando.

–Ha sido un accidente; no me habrías hecho esto estando despierto.

–¡Te lo advertí!

–Tengo que ir a ver a Sam, discúlpame –repitió ella, y fue al vestidor. Al ver el rostro del pequeño, surcado por las lágrimas, dejó que las que ella había estado conteniendo cayeran también–. Oh, Sam.... –susurró sacándolo de la cuna. Lo besó en la mejilla y lo acunó, estrechándolo contra sí–. No pasa nada, cariño –lo tranquilizó–. No pasa nada, todo está bien.

Oyó a Leo levantarse y empezar a abrir y cerrar cajones, pero no se volvió, no hasta que notó que el cuerpo de su hijo se relajaba y que sus sollozos iban a menos. Esperó un poco más, para asegurarse de que se había calmado, y después de besarlo en la frente volvió a tenderlo en la cuna.

Luego se quedó allí de pie un poco más, mirando a su pequeño y preguntándose qué debía hacer. ¿Qué se hacía cuando tu corazón se estaba haciendo añicos por un hombre que no quería una familia, que no quería tu amor? ¿Qué podía hacer?

–¿Qué estás haciendo? –inquirió cuando entró en el dormitorio y vio a Leo metiendo de cualquier modo su ropa en una maleta.

–No puedo hacer esto; no puedo hacerte esto.

–¿Hacerme qué?

–No quiero hacerte daño.

–Leo, estabas teniendo una pesadilla y me acerqué demasiado. No sabías que estaba ahí.

Él abrió otro cajón y sacó todo lo que había en él.

–No. Sé quién soy; sé lo que soy. Haz las maletas; nos vamos.

–No pienso ir a ninguna parte. No hasta que me digas qué está pasando.

–No puedo haceros esto a Sam y a ti –repitió él frenético.

Eve se sentó en la cama y se llevó una mano a la frente, aturdida, mientras él abría otro cajón y metía más ropa en la maleta que tenía abierta en el suelo.

–Leo, escúchate; lo que estás diciendo no tiene ningún sentido.

–¡Ya lo creo que lo tiene!

–¡No!, ¡no tiene ningún sentido! ¿Por qué estás haciendo esto?, ¿por una pesadilla, porque me has golpeado sin querer?

Él fue hasta la cama, y le espetó irritado:

–¿Es que no lo comprendes? Si he sido capaz de hacerte eso dormido, ¿cuánto más daño no podré haceros estando despierto?

A pesar del tono gélido con que había pronunciado esas palabras, Eve se puso de pie y se enfrentó a él, porque lo conocía lo bastante como para saber que se equivocaba.

–Sé que jamás me pegarías.

–¡No es verdad, eso no puedes saberlo! –le gritó él retrocediendo–. Nadie puede saber eso –gimió angustiado.

De pronto Eve supo lo que tenía que decir, lo que tenía que hacer. Supo que tenía que ser valiente. Se acercó, muy despacio, deteniéndose a un par de pasos, pero lo bastante cerca como para que pudiera ver bien su rostro cuando le hablase; lo bastante cerca como para poder tomar su mano y llevarla a su pecho, para que Leo pudiera sentir que su corazón estaba diciéndole el mismo mensaje.

–Lo sé porque he estado contigo, Leo. He pasado noches llenas de pasión en tu cama. He pasado contigo días en los que me has hecho sentir más viva de lo que me he sentido en toda mi vida. Y he visto el modo en que sacaste a mi hijo del agua. Sé que nunca le harías daño.

Sacudió la cabeza, sin poder creerse que estuviera a punto de confesarle algo que ella misma acababa de descubrir.

–¿Es que no lo ves? Lo sé, Leo, porque... –inspiró, pidiéndole a Dios que le diera fuerzas–... lo sé porque te quiero.

Él se quedó mirándola aterrado, y cerró los ojos con fuerza.

–No digas eso. No debes decir eso –masculló él entre dientes.

Evelyn no se desalentó. ¿Qué tenía que perder? Ya había puesto sus cartas sobre la mesa. Quería defender ese amor recién descubierto, y su derecho a expresarlo.

–¿Por qué no iba a poder decirlo cuando es la verdad? Sé que es inútil, que no me servirá de nada, pero no puedo evitarlo. Te quiero, Leo, así que vete haciendo a la idea.

–¡No! Decir «te quiero» no hace que de repente todo esté bien. Decirle «te quiero» a alguien no justifica el hacerle daño.

Pero si él no le había dicho que la... De pronto Eve sintió un sudor frío en la espalda al comprender que no estaba hablando de él, ni de lo que acababa de ocurrir en aquella habitación. Fuera lo que fuera lo que había presenciado, debía haber sido algo de una violencia tan brutal que lo había dejado profundamente marcado.

–¿Qué te pasó para que pienses que tú serías capaz de hacer esas cosas que dices? –le preguntó–. ¿Qué horrores presenciaste que no te dejan descansar por las noches?

–Las pesadillas son una advertencia –respondió él–. Una advertencia de que no puedo dejar que pase, y no voy a permitirlo. No quiero haceros daño ni a ti ni a Sam.

–Pero Leo...

–Haz tu equipaje –repitió él, en un tono derrotado–, voy a llevarte a casa.

Cuando aterrizaron en Melbourne, a pesar de todo, Evelyn se alegró de estar de nuevo en su ciudad. Leo insistió en llevarla a casa, o más bien en que su chófer los llevara, y se preguntó por qué se molestaba en acompañarlos siquiera si iba a ir todo el trayecto tan serio y tan callado como había ido durante todo el vuelo.

Y por fin llegaron a su casa, a la casa destartalada de la que tantas veces había renegado. No lo haría nunca más. Era su hogar, un hogar de verdad, y era suyo y de Sam, y estaba lleno de amor, y se sentía orgullosa de él.

–Espera, te ayudaré a entrar vuestras cosas en la casa –dijo Leo.

Ella habría querido decirle que no era necesario, que el chófer sacaría sus cosas del maletero y ella se encargaría de llevarlas dentro, pero entre las maletas, las bolsas, y el Maxi-Cosi de Sam con Sam durmiendo en él sí que iba a necesitar un poco de ayuda.

Tenía a Sam apoyado en la cadera, aún medio dormido y sin duda deseando llegar a su cuna por cómo cabeceaba, cuando Leo depositó en el suelo del vestíbulo la última de sus bolsas. Miró alrededor, y Evelyn se preguntó qué estaría pensando de su minúscula casa con aquella mezcla ecléctica de muebles, en comparación con los lujosos hoteles en los que se alojaba y su avión privado.

–Gracias –le dijo con el corazón apesadumbrado. No quería despedirse aún de él, pero tampoco quería retrasar lo inevitable cuando era evidente que él estaba buscando una salida–. Por todo.

–No habría funcionado –respondió él, acariciándole con la yema del pulgar la barbilla, donde la había golpeado–. No podía funcionar.

–Eso no lo sabes –murmuró ella–. Y ya nunca lo sabrás.

–Hay cosas que.. –comenzó él, pero luego sacudió la cabeza y mirándola con ojos tristes, le dijo–. Es igual. Sé que no hay ninguna posibilidad de que...

–Tú no sabes nada –lo cortó Eve apartándose, sintiéndose más fuerte por el mero hecho de estar de vuelta en casa, en su ambiente–. Pero yo sí. Sé cómo acabarás si sales por esa puerta, si nos das la espalda a mí y al amor que siento por ti. Serás como ese hombre viejo en la fotografía que hay en tu suite. Eso hombre que está solo sentado en un banco del parque, mirando el río y preguntándose si no debería haberse arriesgado en vez de acabar solo.

Él la miró, la desolación evidente en sus ojos, pero apretó la mandíbula y levantó una mano para acariciar el cabello de Sam.

–Adiós, Evelyn.

Capítulo 13

AUNQUE ya estaban a principios de verano, Eve no se fiaba mucho de que no fuera a llover, pero decidió arriesgarse a tender fuera en vez de usar la secadora. Tenía que ahorrar todo lo que pudiera en la factura de la luz. Había empezado a trabajar para un par de clientes hacía poco, pero todavía no ganaba lo bastante como para no tener que tirar de sus ahorros si se producía un imprevisto.

Claro que en caso de necesidad siempre podía vender el anillo de Leo... Se lo había quitado en el avión, y había pensado devolvérselo a Leo, pero lo había olvidado con la angustia de la separación. Además, él le había dicho que podía quedárselo.

Todos los días miraba su correo electrónico para ver si le había mandado algún e-mail, y cuando veía que tenía mensajes en el contestador automático, siempre pulsaba esperanzada el botón para oírlos, rogando por que alguno fuera de él.

Sin embargo, cuando pasaron dos semanas sin que intentara ponerse en contacto con ella, ya fuera por despecho o por frustración, había llevado el anillo a una joyería para que se lo tasaran, y casi se había caído de espaldas cuando le habían dicho lo que valía.

Si lo vendiese no tendría que pasar más estrecheces. Pero había pasado más de un mes y no había sido capaz de venderlo.

Seis semanas, pensó mientras sujetaba con pinzas una sábana en la cuerda de tender. Seis semanas desde aquella noche en su suite, desde aquel fin de semana en el paraíso. No le extrañaba que estuviese empezando a parecerle que sólo había sido un sueño.

–Buenos días –la saludó la señora Willis por encima de la valla que separaba los jardines de ambas–. Aunque seguro que luego va y llueve.

Eve alzó la vista hacia el cielo y frunció el ceño al ver un banco de nubes aproximándose.

–Seguro. ¿Cómo está su hermano, señora Willis?

–Desde que le cambiaron los medicamentos va mucho mejor –su vecina paseó la mirada por el jardín–. ¿Y Sam?

–Acabo de llevarlo dentro para que se eche su siesta –respondió Eve mientras colgaba otra sábana–. A ver si se duerme y puedo trabajar un par de horas seguidas.

–Oh, hablando de trabajo –dijo su vecina–, hay alguien que quiere verte. Un tipo con un traje muy elegante. Y un cochazo. Dice que ha llamado a tu puerta pero que no contestabas. Le dije que sí estabas en casa pero que quizá estuvieras aquí detrás...

Eve sintió como si un rayo la golpeara.

–¿Con un traje muy elegante? –balbuceó volviéndose hacia ella.

Y antes de que la señora Willis pudiera contestar entró corriendo en la casa. ¿Por qué pensaba que tenía que ser él?, se preguntó nerviosa, mientras se tocaba el cabello para ver si estaba bien peinada. Tal vez no fuera más que un mensajero que le traía unos documentos de algún cliente. ¿Pero desde cuándo llevaban traje los mensajeros y conducían coches caros? Con el corazón latiéndole como un loco y los nervios a flor de piel, inspiró profundamente al llegar al vestíbulo y abrió la puerta.

Allí, delante de ella estaba Leo, tal y como había imaginado, igual de apuesto que siempre, aunque había algo distinto en sus ojos. Había dolor y pena, pero también algo más que no se atrevía a precisar. Otras veces se había hecho esperanzas que habían quedado en nada.

–Leo... –lo saludó sin aliento.

–Eve. Estás muy guapa.

No era verdad. Tenía ojeras, hacía días que debería haber ido a la peluquería, y la señora Willis no hacía más que decirle que había perdido mucho peso.

–Tú también –murmuró, y contrajo el rostro por lo tonta que había sonado aquella respuesta.

Leo bajó la vista a sus piernas, como buscando algo.

–¿Y Sam?

–Durmiendo la siesta.

–¿Puedo pasar?

–Oh, sí por supuesto –respondió ella aturdida, haciéndose a un lado.

–Iré a hacer café –dijo Evelyn cuando hubieron pasado al salón.

Pero Leo la asió por el brazo para retenerla.

–No, espera. Tengo algo que explicarte, Evelyn, si estás dispuesta a escucharme. Necesito que escuches lo que he venido a decirte, para que comprendas.

Eve asintió, temerosa de pronunciar una palabra.

Se sentaron, y Leo inspiró antes de hablar.

–Me he sentido muy infeliz desde que nos separamos. Fui a Londres y me metí de lleno en el trabajo. Luego fui a Roma y a Nueva York, pero fuera donde fuera no lograba olvidarte. Hiciera lo que hiciera no lograba apartarte de mi mente –le dijo–. No podía volver, porque sabía que lo nuestro no funcionaría, pero había algo que sí podía hacer.

Eve contuvo el aliento, esperanzada.

–No había vuelto a ver a mis padres desde que tenía doce años. Decidí que tenía que encontrarlos. Me llevó... me llevó bastante dar con ellos, y fue para descubrir que mi padre ya había muerto.

Evelyn puso su mano sobre la de él, pero Leo sacudió la cabeza.

–No lo sientas. Era un bruto, un hombre muy violento. Era marinero, y en las temporadas en que estaba en casa utilizaba a mi madre como si fuera un saco de boxeo, y la llamaba toda clase de cosas. Le pegaba hasta dejarla sin conocimiento. Yo solía esconderme aterrado tras la puerta de mi cuarto cuando ocurría, rogando por que parara, así que me alegro de que esté muerto –inspiró de nuevo–. Lo peor de todo... lo peor de todo era que luego, después de esas palizas que le daba a mi madre, siempre le entraban remordimientos. Siempre le decía que lo sentía, que la quería, aunque estuviera tirada en el suelo, llena de moretones y sangrando.

Eve se estremeció por dentro. Su padre había sido un maltratador, un hombre incapaz de amar... Un hombre que golpeaba a su esposa escudándose en que la quería... No le extrañaba que Leo se sintiese inestable emocionalmente, que tuviera tanto miedo a involucrarse en una relación.

–Debió ser un infierno para tu pobre madre –murmuró. «Y para ti también», añadió para sus adentros.

Leo se rió amargamente.

–Mi pobre madre... eso pensaba yo también. Hasta que fui lo bastante mayor y lo bastante fuerte como para usar mis puños y hacerle a mi padre el mismo daño que él le había hecho a mi madre –le dijo–. Y ella se puso de su parte. Después de todo lo que él le había hecho, me gritó y fue a curar sus heridas –bajó la cabeza y se tapó el rostro con ambas manos, inspirando de nuevo antes de continuar–. Se negaba a dejarle, por mucho que yo le suplicara. Así que me marché yo. Dormía en el colegio y mis amigos me traían comida. Conseguía algo de dinero vaciando cubos de basura y pidiendo en las calles, y en esa época fui más feliz de lo que había sido hasta entonces, en mis pocos años de vida.

–Oh, Leo... –murmuró ella, imaginándolo de niño, habiendo huido de su casa y de sus padres.

–No acabé mis estudios en la escuela. Al año siguiente fui al puerto a buscar trabajo. No quería ser marinero como mi padre, así que empecé a hacer un poco de todo, y en un puerto, donde siempre hay extranjeros, comencé a aprender otras lenguas, y a mediar en los negocios entre la gente que no hablaba el mismo idioma –le explicó Leo–. Se me daba bien, y me sentía feliz de poder hacer algo por mí mismo. Sin embargo, aunque había escapado de mi padre, no podía escapar de mi pasado, de quién era. La sombra de mi padre era demasiado pesada. El saber en lo que podría convertirme... –se le quebró la voz–. Juré que eso nunca pasaría. Me juré que nunca me permitiría amar a nadie.

Evelyn le apretó la mano, sintiendo su angustia y su dolor.

–Siento que tu infancia fuera tan difícil; te merecías algo mejor.

–Sam tiene mucha suerte –respondió él–. Tiene a una madre que lucha por él como una tigresa. Una madre que es fuerte, y que lo colma de amor –se llevó la mano de Eve a sus labios y la besó–. No como la mía.

–¿Llegaste a encontrarla? –le preguntó Eve.

Los ojos de Leo la miraron como vacíos, como si su mente estuviera en otro lugar.

–Está en un hogar para mujeres maltratadas, maltrecha y enferma. Se pasa todo el día sentada en una silla de ruedas frente a una ventana que mira a un jardín. No tiene nada, ni a nadie. Cuando la miré recordé las palabras que me dijiste, sobre la foto de ese hombre sentado en un parque con la mirada perdida, deseando haberse arriesgado...

–Leo, no debería haberte dicho aquello; no tenía derecho; estaba dolida.

–Pero tenías razón. Cuando la miré vi cuál sería mi

futuro. Y por primera vez tuve miedo. No quería que mi futuro fuera así. Quería arriesgarme y tomar esa oportunidad que me ofreciste, como mi madre cuando le ofrecí la oportunidad de escapar. Sin embargo, la sombra de mi padre se cernía todavía sobre mí. Mi mayor miedo era convertirme en alguien como él, en haceros daño a Sam o a ti. No podría soportarlo si eso ocurriera.

–Tú no eres así –dijo ella con los ojos llenos de lágrimas–. Tú nunca harías eso.

–Pero no me atrevía a creerlo... hasta que fui a ver a mi madre y me dijo la verdad, la verdad que me habría hecho libre tantos años atrás. La verdad era que mi padre había vuelto a casa después de seis meses en el mar y la había encontrado embarazada de cuatro.

–¡Leo!

Los ojos de Leo brillaban cuando la miró, y vio una chispa de esperanza en ellos.

–Aquel hombre no era mi padre, Eve, no era mi padre... No tengo por qué convertirme en un monstruo como él.

Las lágrimas le nublaban la vista a Eve, lágrimas por esa infancia perdida, porque hubiera crecido sin amor...

–Tú nunca te habrías convertido en alguien así, aunque hubiera sido tu padre. Estoy segura.

Leo tomó sus manos y las besó.

–Tú me haces sentir cosas que no he sentido jamás, Eve, y quiero estar contigo, pero no sé si podré...

–No tienes por qué seguir teniendo dudas, Leo. Sabías que lo que ese hombre hacía estaba mal, e intentaste salvar a tu madre. Igual que intentaste salvarnos a Sam y a mí cuando decidiste alejarte de nosotros para no hacernos daño. No habrías hecho eso si no nos quisieras aunque fuera un poco.

–Yo... Creo que en realidad es más que un poco –murmuró él vergonzoso–. Estas últimas semanas han sido un infierno para mí. No quiero volver a separarme nunca de ti, Eve. Quiero despertarme cada mañana y encontrarte a mi lado. Quiero cuidar de Sam y de ti... si me dejas.

Eve parpadeó, incapaz de creer lo que estaba oyendo, a pesar de que quería creer que no estaba soñando.

–¿Qué me estás diciendo?

–Que no puedo vivir sin ti, que te necesito –respondió él apretándole las manos–. Te quiero.

Evelyn se lanzó a sus brazos con lágrimas de felicidad rodándole por las mejillas.

–Oh, Leo, yo también te quiero. Te quiero muchísimo.

–No sabes lo que me alivia oír eso –dijo él abrazándola con fuerza–. Tenía miedo de que me odiaras por cómo te traté –la apartó un poco de sí para poder mirarla a los ojos–. Pero hay algo más que necesito saber. Eve, ¿querrías darme una oportunidad y arriesgarte a ser mi esposa?

Las lágrimas se convirtieron en un torrente, y Evelyn sabía que debía tener un aspecto horrible, pero le daba igual. Lo único que importaba era que Leo la quería, y que quería casarse con ella, y que su vida no podía ser mejor.

–Sí –dijo con una sonrisa de oreja a oreja–, sí, claro que me casaré contigo.

Leo la atrajo hacia sí y la besó hasta dejarla sin aliento.

–Gracias por entrar en mi vida –le dijo Leo–. Eres mágica, Eve. Has traído la esperanza y la felicidad a un lugar donde sólo había oscuridad y desolación. ¿Cómo podré pagártelo?

Ella le sonrió, sabiendo que nunca más le faltaría el amor; no si de ella dependía.

–Para empezar podrías volver a besarme.

Epílogo

A LEO Zamos le encantaba cuando los planes salían bien. Disfrutaba enormemente con su trabajo, superando las dificultades en las negociaciones, convenciendo a los indecisos, cerrando tratos... Vivía por y para esas descargas de adrenalina que sentía cuando se arriesgaba y triunfaba. O al menos, así había sido hasta entonces. Ahora tenía otras prioridades.

Estrechó la mano de Culshaw, que aún estaba exultante por haber podido llevar a Eve hasta el altar en su boda, que celebraron en isla Mina, antes de dejarlo charlando sobre el tiempo con la señora Willis. Miró en derredor, y encontró a su flamante esposa en el cenador en el que habían pronunciado sus votos hacía unos momentos. Estaba con Hannah, que sostenía a Sam en brazos, y en su mano brillaban el anillo con el zafiro junto a su anillo de bodas, una sencilla alianza de plata.

Siempre le había parecido una diosa, pero ese día en particular, con el vestido blanco con adornos de encaje que llevaba, y el cabello recogido con delicados mechones rizados enmarcando su rostro era la diosa de todas las diosas. Se rió cuando la brisa levantó su velo, haciéndole cosquillas a Sam en la cara, que prorrumpió en risitas.

Y entonces, como si fuese consciente de que estaba observándola, giró la cabeza, sus brillantes ojos azules lo miraron, y sus sensuales labios le lanzaron una deslumbrante sonrisa.

Se abrió paso entre los invitados para llegar hasta ella, y le rodeó la cintura con un brazo atrayéndola hacia sí, antes de tomar una de las manos regordetas de Sam.

–¿Cómo estáis pasándolo, familia? –les preguntó.

Sam señaló con la mano libre y exclamó:

–¡*Baco*!

–Sam está como loco –comentó Eve antes de que Hannah lo dejara en el suelo y corriese para ver mejor un velero que surcaba las aguas de la bahía.

–Y Culshaw como un niño con zapatos nuevos –dijo Leo–. Lo has hecho un hombre feliz al pedirle que fuera el padrino.

–Me he encariñado con Maureen y con él –respondió Eve–. Es como si fueran parte de la familia.

–Es un viejo zorro... –murmuró Leo divertido–. ¿Te dije lo que me contestó cuando intenté disculparme por haberles hecho creer que estábamos comprometidos cuando no lo estábamos? «Tonterías, todos sabíamos que estabais destinados a estar juntos».

Eve se rió.

–Maureen me dijo lo mismo.

–Y tenían razón –murmuró Leo atrayéndola hacia sí para besarla en la frente–. Eres mi destino, Eve.

–Por cierto... ¿te has enterado ya de la noticia de Richard y Felicity?

Él frunció el ceño.

–Creo que no.

–¡Felicity está embarazada! Los dos están muy ilusionados. Me siento muy feliz por ellos.

–Eso es una noticia estupenda, pero... a riesgo de hacerte aún más feliz, tengo un pequeño regalo para ti.

–Pero si ya me has dado tanto...

–Esto es algo muy especial: Culshaw ha accedido a venderme isla Mina. Ahora esta isla es tuya, Eve.

–¿Qué? –los ojos de ella brillaron de incredulidad–. ¿Mía? ¿Mía de verdad?

–Tuya y de Sam. Todo lo que es mío ahora es vuestro también, pero quería que éste fuera un regalo especial, sólo para vosotros. Es mi regalo de bodas.

–Oh, Leo... –murmuró ella con lágrimas de dicha en los ojos–. No sé qué decir. Es demasiado... Y yo no tengo nada para ti.

Él sacudió la cabeza.

–Ni siquiera con una isla entera es bastante. Fue aquí donde tú me diste el mayor regalo que podías hacerme: me devolviste mi corazón. Me enseñaste a amar –tomó su mano y la besó–. Te quiero, Evelyn.

–Oh, Leo, yo también te quiero; con toda mi alma.

Ésas eran las palabras que él necesitaba escuchar. La besó bajo el cenador blanco cubierto de flores de dulce perfume, mientras la brisa mecía las copas de las palmeras y otro velero cruzaba en la distancia.

–¡*Baco*! –exclamó Sam.

Leo y Evelyn oyeron sus pisadas torpes acercándose a la carrera, y luego con sus manitas tiró de los pantalones de Leo y de la falda de su madre.

–¡*Baco*! –repitió insistente, señalando.

Riéndose, Leo tomó al pequeño en brazos, y los tres juntos observaron las aguas azul zafiro sobre las que se deslizaba el velero.

–¿Cuál crees que es la diferencia de edad ideal entre hermanos? –le preguntó en un susurro a su esposa.

Evelyn lo miró y parpadeó.

–Pues, no sé, hay gente que suele decir que entre dos y tres años.

–En ese caso... –murmuró él con un casto beso en su frente y una mirada no tan casta–... tengo un plan.

Había llegado el momento de tener un heredero
y ella debía volver al castillo… y a su cama

Tras los imponentes muros del castillo, la joven princesa Bethany Vassal descubrió que su precipitado matrimonio con el príncipe Leopoldo di Marco no era el cuento de hadas que ella había imaginado. Poco después de la boda, la princesa huyó del castillo esperando que el hombre del que se había enamorado locamente fuese a buscarla…

Casarse con Bethany había sido lo más temerario que Leo había hecho en toda su vida y estaba pagando un alto precio por ello…

Princesa del pasado

Caitlin Crews

Acepte 2 de nuestras mejores novelas de amor GRATIS

¡Y reciba un regalo sorpresa!

Oferta especial de tiempo limitado

Rellene el cupón y envíelo a
Harlequin Reader Service®
3010 Walden Ave.
P.O. Box 1867
Buffalo, N.Y. 14240-1867

¡Si! Por favor, envíenme 2 novelas de amor de Harlequin (1 Bianca® y 1 Deseo®) gratis, más el regalo sorpresa. Luego remítanme 4 novelas nuevas todos los meses, las cuales recibiré mucho antes de que aparezcan en librerías, y factúrenmè al bajo precio de $3,24 cada una, más $0,25 por envío e impuesto de ventas, si corresponde*. Este es el precio total, y es un ahorro de casi el 20% sobre el precio de portada. !Una oferta excelente! Entiendo que el hecho de aceptar estos libros y el regalo no me obliga en forma alguna a la compra de libros adicionales. Y también que puedo devolver cualquier envío y cancelar en cualquier momento. Aún si decido no comprar ningún otro libro de Harlequin, los 2 libros gratis y el regalo sorpresa son míos para siempre.

416 LBN DU7N

Nombre y apellido	(Por favor, letra de molde)
Dirección	Apartamento No.
Ciudad	Estado	Zona postal

Deseo™

¿Venganza o pasión?

MAXINE SULLIVAN

Tate Chandler jamás había deseado a una mujer tanto como a Gemma Watkins... hasta que ella lo traicionó. Sin embargo, cuando se enteró de que tenían un hijo, le exigió a Gemma que se casara con él o lucharía por la custodia del niño. Tate era un hombre de honor y crearía una familia para su heredero, aunque eso significara casarse con una mujer en la que no confiaba. Su matrimonio era sólo una obligación. No obstante, la belleza de Gemma lo tentaba para convertirla en su esposa en todos los sentidos...

Ella había vuelto a su vida,
pero no sola...

Bianca™

Estaba seguro de que, en dos semanas, conseguiría que ella cumpliera los votos matrimoniales

Temblando de miedo, Libby Delikaris reunió fuerzas de flaqueza para enfrentarse a su marido y pedirle el divorcio. Pero él resultó ser más despiadado de lo que recordaba, y pronto todos sus planes se vinieron abajo.

Rion Delikaris siempre había sabido que Libby volvería tarde o temprano. La había esperado con paciencia. Pero ya no era el pobre chico de los suburbios, y estaba dispuesto a enseñarle a su esposa lo que se había perdido.

Una esposa díscola
Sabrina Philips

Una esposa díscola

Sabrina Philips